W0360650

LETTRES ALLEMANDES

série dirigée par Martina Wachendorff

LES CHIENS DU RIDEAU DE FER

DU MÊME AUTEUR

L'ACCORDÉONISTE, récit, Actes Sud, 2010.

Photos : © Olivier Hermann / Robert Zimmermann /
EinsFünfVier GmbH

Première édition in : *Der Spiegel*, 1994

Titre original :
Die Hundegrenze
© MSB Matthes & Seitz Berlin Verlag, 2013

© ACTES SUD 2014
pour la traduction française
ISBN 978-2-330-03713-0

MARIE-LUISE SCHERER

Les Chiens du rideau de fer

récit traduit de l'allemand
par Matthieu Dumont

Préface de Paul Nizon

ACTES SUD

PRÉFACE

AUX ABORDS DES CLÔTURES

Le mot *Hundegrenze* (littéralement "frontière aux chiens", titre original de ce texte) désigne le couloir de la mort qui s'étirait à l'intérieur de la zone réglementée, un espace presque uniquement peuplé de chiens, jalonné de miradors et de champs de mines, bordé de clôtures hérissées séparant l'ex-RDA de l'Ouest libre. Atrocement isolés et attachés par leurs laisses à des câbles, ces chiens parcouraient l'ensemble du tracé en plein soleil ou par grand froid, jusqu'à la folie. Dans le texte qu'on va lire, ils sont les représentants du territoire décrit et de l'activité qui lui fut propre, ce sont eux qui mettent au jour la mentalité politique qui y est associée, et qui se distingue par son enfermement, son repli, son besoin de surveillance, de répression, son étroitesse d'esprit nauséabonde. Ainsi que par une population de militaires de carrière orientée vers la formation de chiens de garde et qui cherche à échapper à son ennui mortel par un affairisme occulte et quasi illicite. Et pourtant, dans cette société peu reluisante, le lecteur rencontre malgré tout des personnes qui, seules ou entourées d'une famille, éprouvent des sentiments, des goûts et des dégoûts, et sont dotées d'un véritable caractère. Et cette société s'étend jusque dans l'arrière-pays des éleveurs qui permettent de couvrir les besoins en chiens de garde. Bref, il s'agit là, en dépit de toute cette misère, d'un matériau romanesque, voire dramatique. Et la façon proprement époustouflante dont Marie-Luise Scherer s'empare de ce matériau dépasse de beaucoup la portée d'un simple documentaire factuel.

Cette virtuosité découle de connaissances détaillées qui englobent et reflètent non seulement les conditions et le déroulement concret des activités frontalières et cynophiles, mais l'ensemble de leur arrière-plan humain, ici minutieusement décrit. Et ce à travers une langue qui ferre la réalité, au meilleur sens du terme, dans les griffes d'une prose qui use à l'occasion des plis langagiers propres au milieu observé.

Reste la question suivante : comment Marie-Luise Scherer est-elle parvenue à une connaissance aussi intime et exhaustive de cet univers ? Je pense qu'elle s'y est prise à la manière d'un naturaliste et d'un explorateur. Il est certes évident qu'une telle quantité de connaissances est le fruit d'un vaste chantier de recherches, d'une fouille intensive, rendus possibles à l'époque par le *Spiegel*, le magazine pour lequel Scherer écrivait ses reportages littéraires hors normes. Qu'est-ce qui, dans cette entreprise de longue haleine, a bien pu l'aiguillonner, la motiver ? C'est sa curiosité pour la VIE, adossée à une insatiable soif de savoir. Et, dans ce cas précis, intervient aussi une profonde compassion pour les chiens.

Ce n'est que lorsque ces créatures entrent en jeu – elle dit à un moment que l'un des maîtres rencontrés connaissait toutes les nuances du malheur des chiens – qu'un certain pathos vient poindre dans ce reportage. Dans l'ensemble, celui-ci respecte pourtant les principes d'une observation scientifique sans empathie particulière et se distingue plutôt par une perspective narrative qui n'est ni condescendante ni admirative, mais témoigne d'une approche humaine de plain-pied avec son sujet. Seuls les chiens perturbent cet équilibre.

Dans le domaine du reportage, Marie-Luise Scherer est reconnue comme un auteur de tout premier plan. Il serait cependant dommage de la cantonner dans ce genre. Car sa prose incomparable outrepasse ce cadre, tant les histoires qu'elle puise dans le quotidien s'apparentent à de la grande littérature.

PAUL NIZON

Les voitures des marchands de tapis se faisaient vite repérer par les Herbig. Celles-ci roulaient à vive allure sur la piste avant de ralentir pour pouvoir s'approcher discrètement des premières maisons. Et avant même qu'on ait eu le temps de sortir sur le pas de la porte pour refouler d'un geste les visiteurs, une voiture se trouvait déjà postée dans la cour. Deux étrangers descendaient. L'un d'entre eux, tapis sur l'épaule, se dirigeait alors en direction des habitants de la maison, jetait sa marchandise à leurs pieds et étendait les plus belles pièces sur le perron en briques.

Même s'il exprimait le refus, un bref regard suffisait à encourager le démarcheur. À la fin de sa présentation, son acolyte, dont la disparition avait échappé aux habitants accaparés par une telle profusion de tapis, ressortait nonchalamment de la remise, inquisiteur : "Pas de vieux meubles, rien ?" C'est à cause de ce fléau, phénomène consécutif à la chute de la frontière, que les Herbig prirent la décision d'investir dans un molosse.

Tout s'enchaîna de façon opportune. La dernière "visite" des tapis ayant eu lieu le mercredi, M. Herbig, homme comblé, rentra le jeudi avec sa nouvelle acquisition, une Audi, et Mme Herbig tomba le vendredi sur une annonce dans le *Schweriner Volkszeitung* : le détachement de gardes-frontières du Nord vendait ses chiens en excédent, les intéressés étaient priés de se présenter le samedi.

Pour les Herbig, le véritable tournant historique eut lieu le jour où l'Audi se trouva garée devant leur porte. Tous les événements sont classés suivant leur apparition avant ou après l'Audi. C'est ainsi que leur chien de garde eut l'honneur d'avoir inscrit dans son curriculum sinon plutôt maigre le jour de son transfert, à savoir le dernier samedi du mois d'août 1990. Les Herbig avaient fait le trajet depuis Göhlen, près de Ludwiglust, jusqu'à Schlutup/Selmsdorf, l'ancien poste-frontière de la région de Lübeck, pour aller chercher leur chien. Ce fut leur première vraie virée dans la nouvelle voiture.

L'aspirant Schönknecht, chargé des chiens de service et de garde au 4e régiment frontalier, bureau de Selmsdorf, se trouvait, vêtu en civil d'un pantalon léger, devant le chenil. Échelonné en plusieurs rangées, celui-ci était situé un peu à l'écart des casernes, à l'orée d'une forêt de pins. Pour chacun des trente box en béton, de la taille d'un homme, un enclos adjacent avait été aménagé. Les chemins bordant les box étaient ratissés. Des roses liseraient les deux extrémités de la colonie canine dont les allées se signalaient à leur entrée par des arbustes ornementaux. L'économie rigoureuse de cette plantation n'entrait pas en contradiction avec la sobriété du terrain où se trouvaient les casernes. Nul apaisement n'émanait de cette verdure, comparable en ceci aux fuseaux alertes des genévriers nains dans un jardin d'hôpital. L'aspirant Schönknecht parla d'un environnement réglementaire, qui convenait tout aussi parfaitement aux chiens.

Dans la première allée, trois bergers allemands, Amor, Muck et Brando, se jetèrent sur leurs grilles. C'étaient des chiens de service assez âgés, détenteurs d'un pedigree et de certificats officiels, qui avaient autrefois patrouillé à la frontière avec leur maître-chien, ces soldats rentrés à la ville auxquels ils ne pouvaient plus servir et dont il leur fallait surmonter la perte. Même l'aspirant Schönknecht ne pouvait pas offrir le gîte à son dernier chien de service. C'étaient certes là de rudes conditions d'existence pour ces chiens, mais pas encore assez rudes aux yeux des Herbig. Ils se croyaient sur un lieu de cure où les patients, luisant comme des anguilles, mangeaient dans des gamelles propres et cédaient de nouveau à la résignation sitôt passée leur petite agitation.

Cette existence princière aurait été impossible à prolonger derrière leur maison de Göhlen. D'autant que, outre leur niveau d'exigence, ces chiens n'étaient pas donnés. La valeur vénale d'un chien pisteur comme Amor, par exemple, âgé de sept ans tout comme leur Audi d'occasion, s'élevait encore à cinq cents marks. Les Herbig avaient plutôt pensé à un sanguin plus brut de décoffrage, qui fût moins enclin à noyer sa fougue dans des accès de nostalgie.

L'aspirant Schönknecht ordonna à un subalterne de conduire les Herbig à Klein Siemz, un hameau situé derrière Schönberg, en direction de Ratzeburg. S'y trouvaient cinq chiens en laisse, autrefois utilisés pour garder la frontière et aujourd'hui chargés de surveiller un dépôt de munitions, un travail qui vous monte à la tête, aussi morne que celui qui les occupait auparavant, entre les clôtures. Le terrain n'étant nullement ombragé, les chiens s'étaient creusé des cuvettes rafraîchissantes dans le sable. Ils gisaient, flapis, sous le soleil de midi, lorsqu'ils entendirent arriver la "Kübelwagen*" du soldat mandaté.

Dès cet instant, dans la joie anticipée d'une perspective de changement, ils se mirent à aboyer et à courir ventre à terre entre leurs piquets, à en

* Sorte de "jeep" militaire allemande. *(Toutes les notes sont du traducteur.)*

faire trembler le câble d'acier au-dessus d'eux. Ils étaient surtout assoiffés. Mais puisque le soldat descendu de voiture ne portait aucun seau d'eau, leur allégresse retomba aussitôt, tandis qu'ils s'asseyaient, ne laissant derrière elle qu'un air de pénitence souriante.

Les Herbig eurent peur de ces chiens. Le tapage auquel ils venaient d'assister n'avait rien à envier aux mustangs dont le galop résonne dans la terre. Ils restaient des monstres jusque dans leur déception, dans leur façon de rabattre les oreilles et de replier bien sagement les pattes en remerciement de la présence réconfortante du soldat. M. Herbig, qui, jeune préretraité, s'occupait de sa ferme, se voyait déjà perdre l'équilibre face à l'un de ces spécimens déchaînés. Et, si un gémissement ne s'était pas fait entendre depuis le coin le plus éloigné du terrain, c'est sans chien qu'ils s'en seraient retournés à Göhlen.

Le hurlement plaintif était venu d'un buisson d'achillées. Et à l'endroit où le buisson sembla frissonner, apparut une tête de chien fine et fauve. La complainte fut suivie de quelques brefs échos insistants qui laissaient clairement comprendre l'événement que représentait cette visite inespérée. Les Herbig et le soldat passèrent devant le périmètre de quatre chiens massifs et sombres. C'est au bout de la quatrième de ces parcelles nues que se trouvait le territoire du cinquième chien, qui jusqu'ici s'était tenu caché.

Désormais à demi émergé du buisson, il était arrivé au bout de sa laisse. Son apparition dégageait quelque chose de festif. Une cascade de fleurs d'achillées dessinait un triangle sur son front, en harmonie avec la mine réjouie qu'il arborait. Son visage fauve était paré d'un plastron un peu plus clair et léonin. Ses oreilles restèrent dressées jusqu'à ce que Herbig l'interpelle – ce qui le fit s'agiter avec excitation. Sa queue fendait l'air à grands coups de sabre, entraînant tout son corps jusqu'à la tête, érodant à droite et à gauche de lui le taillis duquel il émergeait. Ce faisant, il voulut bondir en avant, mais la laisse déjà raide le retint en arrière. Debout, ses pattes balayant l'air, il demeurait prisonnier de ses fers. “Il s'appelle Alf, dit le soldat, lui, vous pouvez l'assommer avec une casquette.”

Hannes Schween, agent civil au détachement de gardes-frontières du Nord, état-major du régiment de Schönberg, occupait un poste d'ingénieur-vétérinaire. Sa tâche consistait pour l'essentiel à recruter des chiens de service et des chiens de garde. Contrairement aux chiens de service, les chiens de garde ne devaient pas faire montre de capacités particulières, et ils n'étaient pas non plus censés en acquérir par la suite.

Il fallait simplement qu'ils aient l'air de vrais chiens, ce qui signifiait, pour Schween : avoir une taille dissuasive. Dans l'idéal, sombres et robustes, avec un sous-poils assez dense pour résister aux rigueurs de l'hiver. Leur candeur devait éviter de se manifester et leur fouet, si possible, de s'enrouler vers la croupe. Schween préférait les chiens hargneux, aux oreilles pointues, les chiens de village habitués à être enchaînés.

Il disposait d'un réseau de fournisseurs qu'il s'était peu à peu constitué depuis sa prise de fonction en 1976. Pour la majeure partie d'entre eux, il s'agissait d'éleveurs de chiens de berger qui se fournissaient eux-mêmes auprès d'individus qui, dans les villages, rachetaient les chiens aux particuliers. Les besoins en simples chiens de gardes-frontières pouvaient être couverts par le cheptel des éleveurs. Outre les irréprochables spécimens destinés à la protection et au pistage, ils envoyaient leurs éléments défectueux pour servir le long de la ligne frontalière ; des chiens marqués par des défaillances dentaires ou anatomiques, inaptes à l'élevage, victimes d'une "tare majeure", ces chiens monorchides ou ces vieux clébards germaniques à poils longs qui s'écartaient de la norme en vigueur.

Schween ne faisait affaire que le week-end, le commerce des chiens n'étant qu'une activité d'appoint pour les éleveurs et les fournisseurs. Pour les fournisseurs des villages les plus reculés surtout, ceux qui devaient se mettre en route dès la nuit, il n'y avait pas d'autre possibilité de rendez-vous. Schween lui aussi devait parcourir de grandes distances avec son camion à plateau doté d'une superstructure grillagée montée sur les ridelles et protégée par une banne. Lorsque les chiens se faisaient rares dans le Mecklembourg, que dans les secteurs de Rostock, Schwerin et Neubrandebourg même les bâtards venaient à manquer, il descendait depuis Schönberg jusqu'à Halle. En règle générale, ces rendez-vous étaient organisés sur les terrains d'exercice pour chiens de l'association de bergers allemands locale. Les chiens de service et ceux qui avaient été affectés le long de la frontière, classés en fonction de leur destination, étaient couchés et attachés le long d'une clôture et Schween passait ces troupes en revue pour une première inspection. Il adoptait alors un comportement assez brusque, de nature à exciter les chiens. Ceux que cela laissait de marbre, il les agressait un peu plus à l'aide d'une manchette protectrice qu'il agitait de la main gauche et d'un bâton qu'il brandissait de la main droite. Une bonne sentinelle de frontière devait sortir de ses gonds face à de telles gesticulations.

LORSQUE PETER PANDOSCH ouvrit le hayon de sa remorque, il déclencha un éclat de rire général en découvrant deux têtes effilées. Il avait emmené avec lui une pauvre chienne colley ainsi que son rejeton, presque deux fois plus haut qu'elle, un bâtard fauve à la stature de berger allemand. "Elle, tu peux la ramener tout de suite", lança Schween à Pandosch en désignant la chienne qui, au milieu de l'hilarité générale, restait immobile, la queue entre les jambes.

C'était l'un des travailleurs de la ferme, Benno Nehls, qui les avait ramassés à l'intérieur de l'aire de mise bas des truies de Charlottenthal, une annexe de la coopérative de production agricole de Hoppenrade-Wohlstand. Nehls était en train de diriger le faisceau de lumière rouge sur le nid à porcelets lorsque la chienne gravide était passée devant lui en se traînant. Une présence catastrophique pour l'hygiène de la soue qui, en outre, le mettait dans l'embarras à titre personnel. Une lycéenne apprentie en production porcine lui avait confié la surveillance des gorets à midi, activité qui dépassait ses compétences. Car tandis que la jeune fille inspectait une portée toute fraîche et que Nehls acheminait de la paille devant les loges, elle avait eu mal au cœur et lui avait demandé de la remplacer un instant.

Nehls comprit immédiatement la raison de son malaise. Dans la liste de ses tâches, il lui incombait à présent de mettre de côté les porcelets trop frêles et de procéder à leur abattage, un procédé létal aussi simple et lapidaire que l'aplatissage des franges d'un tapis. Nehls se montra donc serviable, et il en fut de même dans une autre phase de travail quand il fallut sectionner les queues des gorets restants. Et s'il n'avait pas été obligé de chasser la chienne, il n'aurait pas traversé la porcherie la pince à la main pour tomber sur le chef de brigade. Celui-ci lui passa un savon pour remplacement abusif d'un travailleur ainsi que pour la présence inopportune de la chienne.

Nehls transporta les corps des gorets qu'il avait occis dans une benne dédiée à cet usage près de laquelle la chienne avait elle-même trouvé refuge. Il referma le couvercle sur cet enchevêtrement inerte de chair grasse – dernier geste important de sa matinée de travail. La chienne, étendue de tout son long sur le flanc, ne releva que brièvement la tête.

Pour Nehls, ces parturitions sans accroc n'étaient jamais rien de plus qu'une étape dans la réalisation du plan. Et voilà que cette chienne, qui était la cause de sa réprimande, fit en sorte que celui-ci s'occupe en outre de son accouchement. Au cours de l'après-midi, le camion de l'équarrisseur viendrait s'arrêter en faisant crisser ses pneus auprès de la benne pleine de cadavres. Et, dans l'exécution de leur travail ingrat, les hommes ne remarqueraient pas la détresse de la chienne. Ils pourraient la croire en train de crever et, avec la rudesse propre à leur métier, la balancer tout de go avec le reste dans leur engin.

Nehls emprunta le chemin du retour avec ses compagnons de route ; quatre hommes dans la

Trabant et, pas trop mal installée, la chienne dans le coffre. Nehls descendit avec celle-ci à Klein-Grabow, un village domanial au sud de Güstrow, devant la chaumière de son frère. Animé des meilleures intentions, il la guida d'office à travers la cour bourbeuse dans laquelle pataugeaient oies et canards jusqu'à l'appentis où la chienne prit immédiatement ses aises. Il ne restait plus alors à Nehls qu'à convaincre son frère qui dormait sur le canapé de la cuisine.

AU COURS DE L'ÉTÉ 1985, le détachement frontalier du Nord eut de nouveau besoin d'une flopée de chiens de garde. Des portions supplémentaires du tracé devaient être équipées et il fallait occuper les places laissées vacantes par les étranglements accidentels et les bêtes "piquées" en raison de leur âge. Comme à son habitude, l'ingénieur-vétérinaire Schween fit part de ces besoins à ses informateurs, prioritairement aux éleveurs de bergers allemands les plus réputés, car ils possédaient un téléphone. Cet été-là, Schween contacta un éleveur du nom de Krieg, basé à Parchim, afin qu'il envoie de son côté ses propres intermédiaires à la recherche des renforts en chiens qui lui faisaient défaut.

Krieg se tourna pour commencer vers les camarades de l'association locale de sport canin et les fournisseurs de son environnement immédiat, Tomoschus et Mroske, des marchands spécialisés dans le rachat d'animaux. Puis il fit circuler cette requête impérative dans les environs de Güstrow. Il en informa par coursier son collègue Priem, un éleveur de moyenne envergure, sans téléphone, qui se chargea de la diffusion du message. Priem contacta à son tour Pandosch, équarrisseur aux abattoirs de Güstrow et éleveur à Lüdershagen, dont la notoriété était encore inférieure à celle de Priem.

PANDOSCH PARTIT sans plus attendre avec sa remorque pour Klein-Grabow, où il était sûr que Nehls pourrait lui céder un chien. Hartmut Nehls, le frère du porcher, lui-même trayeur à la coopérative de production agricole de Hoppenrade-Wohlstand, passait pour un homme serviable malgré son état d'épuisement permanent. C'est d'ailleurs peut-être son manque de sommeil qui assurait sa réputation. Il semblait souvent inoffensif du fait de son alanguissement, et cela pouvait être perçu comme un signe de bienveillance. Deux fois par jour, il posait des gobelets trayeurs sur les pis de cent quarante vaches ; il se levait à trois heures pour le travail de l'équipe du matin et rentrait chez lui le soir vers six heures après les tâches de la fin de journée. Entre les deux, il lui restait trois heures pour sa propre petite exploitation. Ses têtes de bétail à lui, deux taureaux à l'engrais chez son beau-frère, devaient aussi être nourries. Et la distribution de nourriture se poursuivait à la maison : le troupeau d'oies se ruait bruyamment vers lui, les poules et les canards, ces hordes de volatiles qu'il fallait alimenter pour arrondir les fins de mois, et qui labouraient sa cour à tel point que celle-ci paraissait aussi surmenée que Nehls. À la fin de l'automne, c'était à lui que revenait l'abattage des volailles. Et comme un nouveau-né arrivait souvent à ce moment-là, il lui fallait également s'occuper seul de la plumaison.

Le déjeuner l'amenait ensuite à s'octroyer une courte sieste – car même en semaine la marmite débordait de cuisses de volaille bien croustillantes. Ainsi Nehls se trouvait-il allongé sur le canapé de la cuisine, nullement dérangé par les bruits de vaisselle qu'on lave, lorsque son frère, le fermier, le secoua pour lui parler de la chienne. Et c'est au même endroit qu'il se reposait, un an plus tard, quand Pandosch vint frapper à sa porte, bien que cette fois-ci ce fût le soir et que, dans la cour, deux chiens de garde l'avaient accueilli par des aboiements.

Ce qui accablait de fatigue le trayeur donnait des ailes à Pandosch l'équarrisseur. Rien n'excitait autant son esprit que la perspective de sillonner la campagne pour exercer son activité annexe. Et avec la même énergie que celle avec laquelle il taillait les quartiers de bétail au couperet pendant la journée, il entra dans la cuisine de Nehls. Succédant à la forte odeur de lait qui flottait dans le vestibule, où les vêtements de travail du trayeur étaient suspendus, il fut ensuite enveloppé par le parfum complexe d'une atmosphère de fin de travail. La femme étendait des couches tandis que le lave-linge tressautait en essorant une autre fournée. Les reliefs du dîner traînaient encore sur la table, le pot de cornichons, les savoureuses saucisses enveloppées dans leur papier, la tasse de café de la femme et les bouteilles de bière du mari, au-dessus desquels s'attardaient les nuages de fumée de ses Karo sans filtre.

Tout cela formait une nature morte d'une grande fragilité qui n'attendait plus que Pandosch et sa bouteille de schnaps. Quand il la posa sur la table, Nehls se redressa sur son canapé. Pour faire honneur à son hôte, Pandosch but un verre en sa compagnie. C'est pour le mâle fauve étendu et attaché devant un trou de la porte du hangar qu'il était venu. "T'en as deux, dit-il à Nehls, je t'achète celui qu'est jaune pour la frontière." Et Nehls, ni favorable ni hostile au monde animal, même s'il l'épuisait, répondit à Pandosch : "Dans ce cas-là, prends carrément les deux!"

Comme chez Nehls, le rapport de Pandosch aux bêtes était essentiellement professionnel. Il s'agissait pour lui de leur apporter des soins adéquats. Mais tandis que Nehls faisait preuve d'une légitime indifférence envers tous les animaux, Pandosch faisait une exception pour les bergers. Il les considérait comme des créatures souveraines, dès lors que leur être s'accordait avec leur allure. À l'époque, Pandosch occupait la fonction de "simulateur d'incident" à la brigade canine du secteur de Schwerin. Cela faisait déjà six ans qu'il officiait en tant que figurant officiel, qu'il jouait cet individu au bras molletonné que ses magnifiques partenaires s'acharnaient à broyer de leurs crocs. Et Pandosch, avec sa mine téméraire qui apparaissait au-dessus de son attirail rembourré, faisait tournoyer les chiens déchaînés autour de lui comme s'ils se trouvaient dans des chaises volantes.

Parmi les bergers du petit élevage de Pandosch, le joyau s'appelait Büffel*, une fusée gris-noir qui avait autrefois servi à la frontière dans le secteur d'Utecht, près du lac de Ratzebourg. La façon dont il s'était procuré Büffel aurait pu lui valoir un petit séjour de quelques années derrière les barreaux de Bautzen, sans parler de la sanction à laquelle Herbig, le soldat qui lui servit de complice, s'était exposé.

Herbig, éclaireur dans les troupes frontalières, avait parlé à Pandosch ("l'homme d'attaque**") d'un certain mâtin – nommé "Büffel vom Gamsetal" – connu pour galoper comme un fou au bout de sa laisse coulissante. Or celui-ci avait été

* "Buffle" en français.

** Il s'agit de l'entraîneur chargé de simuler une agression pour mettre à l'épreuve la réactivité d'un chien policier.

démis de ses fonctions en raison du mauvais pli qu'il avait pris de s'arracher les poils de la queue. Pour Herbig, cette manie était le résultat d'un traumatisme infantile qui n'était pas incurable. Cette nouvelle fendit le cœur de Pandosch. Il eut dès lors toujours en tête l'image de ce chien remarquable gaspillant douloureusement ses forces dans de vaines courses, à la manière de ces "ratés" du village, ces pseudo-chiens dont l'existence, selon lui, ne commençait vraiment que lorsqu'ils prenaient du service le long de la frontière.

Ce fut par une claire nuit de l'hiver 1983 que Pandosch entra dans la zone réglementée, après avoir emprunté le chemin agricole derrière la coopérative de Rieps. L'éclaireur Herbig avait fait un croquis du trajet avec toutes ses sinuosités, ses massifs et ses poteaux télégraphiques, un document qui aurait pu le compromettre gravement comme une preuve à charge. Pandosch n'avait pas à craindre de tomber sur une barrière ou sur le couloir des chiens de la police populaire à l'intérieur des terres. Le seul impondérable dans cette brèche du système de surveillance aurait été la présence d'un auxiliaire volontaire, ce qui n'aurait certes pas arrangé ses affaires.

Ces hommes-là, recrutés dans les villages de la zone réglementée, étaient autorisés à porter, au-dessus de leur pantalon civil, la veste de camouflage des gardes-frontières. Avec une solde trimestrielle de cent cinquante marks, ils remplissaient leur fonction avec le zèle spécifique au bénévolat. Confinés dans la nuit par leurs horaires de service autogérés, ils restaient tapis dans les fossés des chemins de campagne. Outre leur veste de camouflage couleur olive aux hachures claires, ils portaient, en guise d'accessoire officiel, un panneau de police indiquant "Stop". Si un spécimen de cette espèce faisait irruption avec la stridence lumineuse de son clignotant rouge sur le chemin agricole, Pandosch aurait toutes les raisons de prendre peur. Son plan, qui devait l'acheminer de Lüdershagen, près de Güstrow, jusqu'à Rieps, dans le district de Gadebusch, puis de là à Thandorf et enfin jusqu'à la bifurcation derrière Neuhof, une zone d'habitation démantelée, lui nouait à présent la gorge. Sa seule présence en ce lieu représentait un acte de haute trahison. Et si le motif de sa présence, destinée à mettre à exécution un projet sans précédent, venait à être découvert, il est certain que sa situation empirerait encore grandement. Car il serait dès lors question de sabotage à l'encontre des mesures de sécurité qui garantissent la paix de la République.

Pandosch s'arrêta sur les hauteurs d'Utecht. À gauche du chemin se trouvait la haie de hêtres qui lui avait été indiquée et dans laquelle Herbig devait l'attendre. Il aperçut la braise rougeoyante d'une cigarette entre les feuilles flétries qui pendaient sur leurs branches comme des chauves-souris endormies. L'incandescence laissait entrevoir les bords d'une chapka repliée. Tout contre la silhouette obscure tapie dans le massif, un canon de fusil se dressait pour former un angle aigu avec son couvre-chef. Une seconde silhouette, deux fois moins grande que l'homme, remuait à côté de lui. D'après son allure imprécise, il devait s'agir d'un chien qui avait quitté la position assise pour se mettre debout.

Or si rien ne laissait penser qu'il s'agissait d'une erreur, le scénario inverse était tout aussi crédible. L'imposante haie aurait pu servir d'abri à n'importe quelle patrouille. Pandosch aurait pu tomber non sur Herbig et Büffel mais sur l'un des collègues de Herbig accompagné d'un chien policier. La peur qui se saisit de Pandosch redoubla lorsqu'il entendit un gémissement en provenance du coffre où était enfermée la bête destinée à être échangée contre le formidable Büffel, un de ces "ratés" du village de Striggow, près de Hoppenrade, un bâtard moucheté et hyéniforme qui convenait mieux pour la frontière.

Avant que l'homme ne sorte de la haie, il envoya son chien au-devant, le retenant par sa longue laisse. Le chien s'assit, ses grandes oreilles se découpant sur le clair de lune, et gronda en direction de Pandosch. Ce dernier se pencha par la vitre de sa Trabant et lui répondit par quelques paroles caressantes. La vision de cet animal sombre dans la nuit claire le ravit.

Même son grondement lui fit plaisir. Épousant les brusques variations de son humeur, ce bruit s'approchait ou s'éloignait, roulait vers lui avant de se muer en un grommellement continu qui n'excluait pas la possibilité d'une réconciliation. Et lorsqu'il menaçait de se tarir, Pandosch donnait à sa cour des accents plus agressifs et aussitôt le grondement retrouvait sa prime hostilité lorsqu'il s'échappait de la gorge de l'animal. Voilà une musique qui plaisait à Pandosch.

Lorsqu'un craquement se fit entendre dans le massif et que Herbig apparut, Pandosch avait déjà depuis un bon moment le sentiment d'être devenu le nouveau maître de ce chien merveilleux. Mais malgré la situation isolée du lieu, l'éclaireur ne souhaitait voir aucun geste de bienvenue censé amorcer une connivence entre le dresseur et l'animal. Il était convenu que Pandosch ouvrirait immédiatement son coffre pour présenter l'objet du troc. Le bâtard offrait un spectacle désolant ; le voyage l'avait profondément atteint. Au lieu de se redresser joyeusement, il resta meurtri dans sa position, noué et courbé comme un bretzel. Pandosch vit déjà l'affaire capoter. Il finit par aider la bête prostrée à se lever et l'attacha au volant de son véhicule. Et tandis que Herbig l'examinait, Pandosch se saisit de la laisse qui retenait le puissant Büffel.

Les deux hommes agissaient avec expérience, comme s'ils accomplissaient un exercice lors d'une simulation de catastrophe. L'aube représentait pour tous deux une menace. Pour le transfert, Herbig attacha une muselière à Büffel tandis que Pandosch récupéra le paquet de viande sur la banquette arrière, un joli morceau de bœuf des abattoirs de Güstrow censé compenser la moindre valeur d'échange du bâtard, qui entre-temps avait repris des forces. Sa queue avait retrouvé un peu de son panache. À sa façon de trottiner avec souplesse à côté de Herbig, on voyait qu'il se sentait honoré. Tout en lui exprimait le triomphe de l'ancien chien de garde captif.

Pour rentrer, Pandosch emprunta le même itinéraire. Il était d'excellente humeur même si l'aventure dans laquelle il se trouvait embarqué n'était pas entièrement derrière lui. Ses pensées allaient toutes au nouveau passager qui occupait son coffre. Dès qu'il aurait quitté la zone réglementée, il ne pourrait s'empêcher de rattraper les gestes de bienvenue auxquels il avait dû d'abord renoncer. Il désirait surtout l'exhorter à la patience en raison de l'exiguïté de son compartiment. À Thandorf, les lumières des cuisines commençaient déjà à s'allumer. Il devait donc être environ trois heures : les employés de ferme et les trayeurs des élevages bovins environnant avalaient à la hâte leur café.

Pandosch n'avait rien à craindre de ces hommes réveillés de façon quelque peu abrupte. Leur vigilance était encore tamisée par les brumes du sommeil. Pourtant Pandosch préférait les apercevoir assis derrière la fenêtre de leur cuisine que debout devant leur porte, tandis que leur torpeur les quittait peu à peu et que la première cigarette achevait de les remettre tout à fait d'aplomb. Au-dehors, ils ne rencontraient personne sinon leurs semblables, tout le monde faisait partie de la brigade affectée au bétail. Dès que l'on croisait une bicyclette, c'était un travailleur de l'équipe du matin. Chaque Trabant, même si elle s'annonçait d'abord par le bruit de son moteur, était associée à un visage précis. Tous s'échangeaient des gestes de salutation. À peine avait-on reconnu son vis-à-vis qu'on esquissait un petit signe viril de la main.

Pandosch découvrit l'intimité accrue d'un village de la zone réglementée, encore accentuée par la précocité du lever du jour. Et des saluts prévenants lui étaient également adressés. Personne ne s'attendait à rencontrer un étranger, du moins pas à cette heure-là. Mais comme cet étranger roulait en direction de la République démocratique, ce ne pouvait nullement être un ennemi de la patrie. Il ne semblait donc pas illégitime, il devait être détenteur d'un laissez-passer rose l'autorisant à circuler dans la bande de cinq kilomètres qui constituait cette zone tampon, peut-être même du permis vert pour aller jusqu'aux cinq cents derniers mètres avant la clôture. S'il s'agissait du proche parent de l'un des résidents, il pouvait tout à fait revenir d'un mariage ou d'un enterrement.

Pour s'en retourner d'un mariage, cependant, il était étrangement tôt. Après la noce, il est courant de passer la nuit sur place pour cuver son schnaps, et il en va de même pour les enterrements. Des incohérences se bousculaient dans la tête de Pandosch qui contredisaient les apparences jusqu'ici favorables. Répondant aux salutations dans le village, il lui semblait sentir se poser sur lui à tout moment le regard inquisiteur d'un auxiliaire volontaire rentrant chez lui pour endosser ses habits de fermier ou de trayeur.

À la sortie du village, Pandosch appuya sur la pédale d'accélérateur. Comme un canoë sur un torrent, sa Trabant filait par-dessus les nids-de-poule, bondissant, dérapant, puis heurtant le sol avant de retrouver brusquement son cap, accompagnée par les râles insolents de son moteur et les fulminations asthmatiques du pot d'échappement. Lors de ce dernier kilomètre dans l'illégalité, Pandosch prit le risque de s'aliéner à jamais la sympathie de son nouveau chien. Contrairement au voyage aller, où il n'avait fait que ruminer la possibilité d'une rupture d'essieu sans songer un instant à son bâtard, il ressentait à présent dans sa chair la torture infligée à Büffel à mesure qu'il écrasait le champignon de sa boîte en carton pétaradante et que celle-ci s'élevait et s'écrasait au sol en l'absence d'amortisseurs.

Alors qu'il se trouvait toujours sur le chemin agricole de la coopérative de Rieps, Pandosch s'arrêta pour s'excuser auprès du chien ainsi bringuebalé. Si la zone réglementée était bel et bien derrière lui, son ombre incommodante se faisait encore sentir. Le chien reçut ses bonnes paroles sans pour autant manifester sa gratitude, ne serait-ce que par un mouvement de queue. Pandosch savait apprécier ce caractère inexpugnable, même si à cet instant précis il se serait senti mieux récompensé par une pointe de gaieté. Lorsqu'il reprit la route, il essaya désormais d'éviter les trous de la chaussée. Afin de lutter contre la fatigue, il fit défiler dans sa tête les plus beaux scénarios à venir : "Büffel vom Gamsetal" devient "Büffel vom Erlengrund", un mâle très convoité de l'élevage de Pandosch à Lüdershagen, meilleur chien de l'année en dressage toutes catégories au sein de l'Association de chiens de berger de Güstrow, lauréat du trophée communal de Schwerin, vainqueur du championnat régional à Leipzig. C'est ainsi que la nuit de l'échange des deux chiens s'acheva. Le premier s'imaginait sauvé dans la perspective d'une vie meilleure, et se retrouva au matin banni à la frontière, tandis que le second, celui qui fut vraiment libéré, renâclait à voyager au loin avec son bienfaiteur.

C'ÉTAIT KRIEG, le plus important éleveur de Parchim, qui entretenait les meilleurs rapports avec les unités frontalières. Il était chargé de surveiller l'élevage des bergers allemands dans le secteur de Schwerin, fonction qui, ainsi que celle de Pandosch, impliquait une grande mobilité, mais restait toutefois plus influente et plus redoutée. Comme il servait d'intermédiaire dans le commerce de chiens dressés pour la frontière, les fournisseurs du Mecklembourg les plus exigeants se mettaient à son service. On trouvait parfois jusqu'à trente candidats attachés dans la cour de sa ferme, si bien que Schween, l'acheteur envoyé par l'état-major du régiment de Schönberg, se contentait de brandir sa manchette de protection aux plus massifs d'entre eux.

En août 1985, à l'occasion de l'une de ces expositions canines qui se tenaient le samedi à la ferme de Krieg, Schween aborda Pandosch : "Celui qu'est jaune foncé, là, je vais le prendre." Il fut baptisé "Alf" dans le contrat de vente. Pour le certificat exigé par la bureaucratie, le jour de naissance exact devait être précisé. Pandosch donna au hasard la date du 5 octobre 1984, car elle correspondait à peu près à l'allure et au comportement du chien, dont les jambes étaient encore plutôt épaisses et qui, malgré une enfance assez rude chez Nehls le trayeur, restait toujours aussi joueur qu'un chiot.

Il reçut le numéro de matricule A-0441, la lettre A désignant tous les chiens placés sur la frontière entre Pötenitz et Boizenburg. Dans la rubrique "appréciation chiffrée", Schween inscrivit la mention II/344, qui rassemblait les propriétés suivantes : mordant faible, sensibilité, spontanéité, résistance suffisante. Bien que le chien fût à l'évidence jaune, la mention "jaune" avait quelque chose de trop peu officiel pour un document militaire, et on opta donc pour le coloris "brun blanchâtre".

L'ingénieur-vétérinaire Schween attacha un collier en plastique ainsi qu'une muselière aux chiens sélectionnés. Puis il les fit grimper sur le plateau de sa bétaillère. Un soldat vêtu d'une chemise militaire légère, debout sous la bâche du véhicule, aida les plus rétifs à monter à bord. Puis il attacha les bêtes à de courtes chaînes de part et d'autre de la surface de chargement et tenta de les apaiser. Dixième du lot, le chien jaune fut le dernier à rejoindre ses congénères. Il avait rapporté deux cent cinquante marks à Pandosch, sans compter le plaisir de le voir ainsi sauter spontanément, et presque avec gaieté, dans le camion. Cela le dédommageait des rires provoqués par la chienne colley, la mère du chien jaune, qui était à présent remontée dans sa remorque.

Lorsque Schween démarra, le soldat alla se placer comme conciliateur entre les chiens. La tête du chien jaune reposait sur le hayon, et Pandosch releva la disproportion entre la muselière de taille standard et l'étroitesse de son museau. Une vision pitoyable, la pauvre bête faisait triste figure. Pandosch appréciait les muselières de l'armée. Leur maillage était plus serré que celui qu'on trouvait dans le commerce. Même les plus acharnés mordeurs capitulaient devant ces gaines cuirassées. Seule l'armée disposait de vrais bons harnais. D'ailleurs, et cela faisait partie de ces échanges de petits services assez courants dans le pays, Schween avait souvent une muselière ou une manchette de mordant en surplus lorsque Pandosch apportait, en sa qualité d'équarrisseur, quelques bonnes tranches de bœuf.

ZACHOW LE MANCHOT était l'ami de tous les chiens de Darze et de Stralendorf. Durant les trente-trois années au cours desquelles il effectua ses tournées de postier, juché sur son vélo, les chiens guettaient avec bonheur son passage, assis derrière leur portail. S'il passait devant eux sans l'intention de descendre de selle, il le faisait savoir à la sentinelle par un petit hochement de tête, qui s'en retournait alors bredouille vers la maison porter le message de l'absence de courrier. Il divisait les périodes de sa vie en fonction des chiens qu'il avait possédés. Ils étaient tous enterrés dans son verger sous une simple stèle en pierre.

L'épouse de Zachow s'occupait du bureau de poste de Darze et de Stralendorf. Lorsqu'elle fut atteinte d'un glaucome, et dut se pencher toujours plus bas avec des loupes toujours plus puissantes au-dessus de son comptoir, Zachow démissionna de ses fonctions en même temps qu'elle et partit travailler comme soigneur à l'usine d'engraissage de poulets de Parchim, dans une équipe de nuit. Pour lui, qui connaissait les noms des chiens de deux villages, se souvenait de leurs génitrices et pouvait au moins deviner l'identité de leurs pères, le grouillement de vingt mille volatiles – une espèce de poulets hybride mûrs pour l'abattoir dès six semaines – n'avait rien d'une belle rencontre animalière.

Pour les Zachow, la belle époque semblait révolue. L'épouse, peu à peu atteinte de cécité, ne distinguait guère plus que des ombres. Leur maison de Darze devint trop grande pour eux. Les avantages de la vie rurale se muèrent en autant de servitudes aliénantes. Zachow devait se contenter d'un jardin en friche. Il se sépara de son petit bétail et dut renoncer à entretenir un chien. Et pour couronner ces tristes nécessités, le déménagement vers les quartiers ouest de Parchim se profilait à court terme.

La veille du déménagement se produisit un incident que Zachow perçut comme un symbole. Il trouva une chienne colley quasi morte d'épuisement dans sa grange. Zachow interpréta le fait que cette bête ait trouvé refuge chez lui comme une prière, une injonction de rester au village. Comme si cet émissaire s'était traîné jusqu'à lui pour porter la supplique de tous les chiens de Darze et de Stralendorf. D'après ses voisins, cela faisait déjà un moment qu'elle rôdait dans les parages.

Zachow avait déjà démonté le lit. Pour s'habituer à l'idée du départ, il ne vivait plus vraiment dans sa maison depuis plusieurs jours. Celle-ci n'était plus pour lui qu'un simple abri, comme pour la chienne. Voilà où en étaient les choses lorsqu'il demanda au maire ce qu'il devait faire de l'animal mourant. Le maire envoya le vétérinaire qui diagnostiqua un état très avancé de sous-alimentation. Zachow lutta un court instant contre l'idée de la remettre sur pied en lui prodiguant ses soins, et se résigna finalement à accepter son abattage pour ne pas compromettre son avenir de citadin.

Une fois leurs affaires réglées, les fournisseurs de chiens s'étaient retrouvés au Bürgerquelle, un bar de Parchim. Les moins chanceux étaient restés avec leurs chiens sur les bras – une déveine qui suscita les sarcasmes de leurs comparses. Il ne subsistait aucun doute quant au sort qui attendait ces bêtes. C'est la chienne de Pandosch, la plus méprisée de tous, qui agitait les débats. Elle coûta une tournée de bière à son maître.

Bientôt lassé d'elle, Pandosch la confia à son collègue éleveur de Güstrow, Priem, qui, dans un élan de compassion, s'engagea à lui trouver un nouveau foyer. Et Priem s'était ensuite débarrassé d'elle sur la route entre Parchim et Goldberg, dans le village de Darze. La chienne fut enterrée par Zachow le manchot dans le "bois aux chiens", ainsi qu'il appelait son verger.

Chez Moldt, rien ne trahit le militaire de carrière qu'il fut pendant trente ans, officiant essentiellement comme éclaireur chez les gardes-frontières au grade d'aspirant. Il possède tous les signes distinctifs de l'homme débonnaire : la chemise quelque peu débraillée au niveau du ventre, un sourire légèrement édenté, une paix intérieure qui prime tous les devoirs. Même la maison qu'il habite avec sa femme porte les symptômes de ce laisser-aller. Envahie par la végétation, comme si elle n'était qu'un simple treillage destiné à l'essor des plantes sauvages, elle est située à la lisière du bois qui borde Palingen, un village de l'ancienne zone réglementée, près de Lübeck.

Juste à côté se trouve le jardin maraîcher des Moldt, lui aussi abandonné aux hordes végétales. Devant la porte d'entrée, un assortiment plutôt modeste des dernières récoltes est étalé sur une table. L'étiquette, un morceau de carton devenu rugueux sous les nombreux coups de gomme, indique trente-cinq pfennigs pour un concombre de taille moyenne et trente pfennigs pour une grappe de quatre tomates. N'était cette sélection de primeurs, on en viendrait à se demander si Moldt existe encore. Mais le voilà justement qui fait son apparition, habillé d'une chemise à col ouvert et d'une veste couleur paille, émergeant du maquis de sa petite exploitation avec pour escorte les fox-terriers Anka et Bella, deux coquettes au museau pointu et à la corpulence trapue.

Ce type de chiens joueurs avait fini par le séduire, alors qu'à l'époque où il menait en laisse les molosses les plus redoutés de toute la partie supérieure de la frontière ouest, seuls les plus agressifs et les plus élancés trouvaient grâce à ses yeux. Son plus célèbre et son dernier s'appelait Nero, un cerbère noir moucheté de gris dont le garrot était plus haut et l'encolure plus large que ceux d'un berger allemand normal. Ses crocs étaient des joyaux. Du temps où le vieux Giese de Herrnburg était capitaine, Nero l'avait mordu si violemment que la chair de sa main s'était retournée comme un gant. Encore aujourd'hui, la voix du vieux Giese est empreinte de respect quand il évoque cet incident.

Greif et Sultan étaient selon lui plus vifs encore que Nero. Mais ils ne mordaient que sur ordre, tandis que Nero passait systématiquement à l'attaque si on ne l'en empêchait pas de façon explicite. Avec de tels compagnons, l'arme à feu devenait superflue. Au cours de ses trente années de service, Moldt n'eut pas à dégainer une seule fois. Ces chiens-là pouvaient se saisir de la partie du corps adverse la plus proche d'eux, souvent un bras, et la relâcher sur un simple coup de sifflet.

Assis dans son salon, Moldt partage son fauteuil avec ses deux chiennes. La première trône sur ses genoux, frissonnante de fatuité, tandis que la seconde, pour ne pas être en reste, se presse contre son flanc. La pièce, sombre et humide à cause de la végétation, est jonchée de bocaux en verre dans lesquels divers organismes croissent et étendent leurs racines. Moldt pense que si ses rapports avec les chiens sont si bons, cela tient à la particularité de son odeur corporelle. Alors qu'un homme apeuré exhale une odeur d'acide butyrique, son intrépidité devait quant à elle dégager une sorte d'aura chimique positive. Voilà ce qui lui valait l'obéissance de toute la gent canine.

Tandis qu'il poursuit ses explications, Moldt prend garde à prodiguer ses faveurs aux deux rivales de façon équitable. Mais malgré leur proximité avec leur maître, dont elles auraient pu toutes deux se satisfaire, elles refusent toute parité. Chacune d'entre elles veut être flattée, et même placée dans une position privilégiée, pour que la présence de l'autre soit tolérée.

MOLDT d'une grande considération dans le milieu des gardes-frontières, en raison de ses chiens agressifs qu'il maîtrisait avec aisance. Sa réputation prit plus d'ampleur encore en 1966 lorsqu'il fit part de ses recommandations concernant un aménagement plus efficace de certains tracés frontaliers gardés par les chiens. On n'était qu'aux balbutiements du système de laisse mobile inventé pour rendre la frontière encore plus étanche. Les premiers à connaître le sort de ces factionnaires furent des chiens policiers mis sur la touche. C'est leur "réinsertion" fructueuse qui marqua le début de ce système de surveillance animale.

Voici comment l'installation était conçue : un câble d'acier, de cinquante ou cent mètres de long en fonction du terrain, était tendu à hauteur d'homme entre deux pylônes métalliques, de manière à ce que les laisses des chiens, qui mesuraient quant à elles deux mètres cinquante, puissent coulisser le long du câble au moyen d'un galet ou d'un anneau. Afin que les chiens, dont les périmètres de déambulation étaient tout proches, ne puissent pas se toucher, les câbles étaient jalonnés de butoirs destinés à bloquer le coulissage des laisses à l'endroit voulu. Mais lorsque le galet ou l'anneau venait frapper contre l'obstacle, le chien, grâce à la longueur de sa laisse, pouvait encore s'approcher assez près de son voisin. Cinquante centimètres tout au plus séparaient deux compagnons d'infortune.

D'étroits passages, de minuscules failles existaient donc dans ce dispositif de surveillance, que l'aspirant Schönknecht désignera plus tard sous le nom de "chenal des échappés". Le fugitif, qui voyait en effet d'abord les chiens passer en trombe le long du câble, se rendait compte que ceux-ci, dans leur état d'alarme, fonçaient dans les deux sens jusqu'à ce que leur laisse vienne cogner contre le butoir. Il ne tardait alors pas à repérer l'ouverture qui s'offrait à lui. Et lorsque le fugitif s'approchait du passage, provoquant ainsi la convergence des chiens vers lui, il n'avait qu'à jeter un morceau de saucisse dans les deux directions pour que ceux-ci le laissent tranquille. Mais d'après le récit de Schönknecht, l'usage du poivre avait des effets plus durables encore : face aux chiens, que la tension de la laisse avait forcés à se cabrer, le fuyard n'avait qu'à leur lancer une petite prise sur la truffe pour que ceux-ci se détournent.

Ce que l'on appelait un "couloir canin" correspondait à une juxtaposition de ces multiples segments câblés. Mesurant jusqu'à trois kilomètres de long, il mobilisait au moins une trentaine de chiens ainsi alignés pour sa surveillance. Voici maintenant quelle fut la suggestion de Moldt : ce rideau, puisque son existence était de toute façon impopulaire, devait au moins pouvoir réunir une équipe de sentinelles canines irréprochable. À l'époque, Moldt avait constaté l'existence de files entières de chiens surexcités qui s'épuisaient mutuellement à côté de longues phalanges anémiques et lassées. Selon lui, ce type de voisinage trop homogène décuplait les défauts de ces chiens tout en gaspillant leur potentiel.

Pour commencer, Moldt se contenta d'imaginer les modalités d'un couloir canin de bonne facture. Il plaçait les colériques à côté de ceux qui étaient plus doux ou minés par l'ennui afin que le dynamisme des premiers puisse déteindre sur les plus inoffensifs, qui à leur tour étaient censés agir comme un baume sur l'irritabilité de leurs voisins.

MOLDT DONNA à ses propositions les atours de la scientificité lorsqu'il les présenta au bataillon. Il leur fit le coup de la théorie d'Hippocrate, qui selon lui valait aussi bien pour les chiens. Grâce au maniement de ces mots savants dont l'écho impressionne, il éleva tout l'effectif canin à la dignité de représentants des quatre tempéraments de la typologie classique. Son discours ne tournait plus qu'autour des bilieux, des flegmatiques, des mélancoliques et des sanguins. Ces derniers étaient évoqués par pur souci d'exhaustivité, s'agissant là de la catégorie la plus équilibrée dans ses qualités, la plus débordante de vitalité. Comme le cerveau de ce type de chien idéal était plus prompt que celui d'un universitaire, il n'avait pas sa place derrière la frontière. Moldt plaçait les flegmatiques tout en bas de son échelle des aptitudes. Ces bêtes-là resteraient toujours impassibles. En cas de grande pénurie de chiens, ils pouvaient tout au plus servir de leurre face aux candidats à l'exil. Les mélancoliques avaient un comportement déjà plus utile, eux qui connaissaient la peur. De même qu'une réprimande un peu sévère les rendait inconsolables, de même qu'ils commençaient à geindre avant même de ressentir la douleur, ils signalaient le moindre gland tombant de sa branche comme un danger potentiel. Cette prudence excessive nourrie par la peur aurait fait d'eux les meilleures sentinelles du front, n'était leur propension à aboyer à la moindre occasion.

Pour les postes-frontières, à qui ces chiens devaient signaler des anomalies réelles et non laisser paraître leur effroi causé par le surgissement d'un lièvre debout sur ses pattes arrière pour ausculter l'horizon, leurs avertissements perdaient toute utilité. Ce n'est que lorsque les aboiements furieux des bilieux se joignaient à eux que ceux-ci méritaient attention. Dans le meilleur des cas, les mélancoliques pouvaient alerter les bilieux, qui, eux, passaient sans transition du sommeil à l'attaque. Dans le pire des cas, ce perpétuel état d'alarme restait lui aussi ignoré par les bilieux. Ainsi leurs accès de panique se fondaient-ils dans le paysage sonore de la frontière et, telle une berceuse, présidaient à son endormissement.

Là où le mélancolique ne reconnaissait aucune priorité, le bilieux savait distinguer les situations anodines des événements importants. Lové dans sa niche, fort de savoir que lui seul représentait une menace, il laissait les craquements de branche à l'attention de son congénère alarmiste. Aux yeux de Moldt, ces deux tempéraments n'étaient que des variantes dégradées de l'espèce canine. Il s'agissait de rendre cette découverte utile en transformant l'antagonisme des défauts en un avantage. Le bilieux était appelé à devenir le maître du front tandis que le mélancolique pusillanime devait lui servir d'adjoint. Si le bilieux se trouvait en infériorité numérique, il fallait le renforcer sur ses flancs par un plus grand nombre de mélancoliques.

WILHELM TEWS disposait d'une véritable loge pour observer les chiens de la frontière. Le jardin attenant à sa maison, la dernière du village de Herrnburg, était mitoyen de la bande de contrôle passée à la herse qui bordait la première clôture munie d'alarmes. Le grillage en torsion simple, dont le maillage était très serré, masquait quelque peu ce qui se tramait derrière. Lorsqu'on y jetait un rapide coup d'œil, le paysage apparaissait un peu flou, comme si on regardait à travers une gaze légère : arpentant leur territoire dans une foulée régulière, les chiens semblaient en osmose avec la nature. Ils parcouraient un petit trajet en ellipse autour de leur niche et un autre plus long qui suivait le câble, comme s'ils exécutaient un exercice de figures libres sur des rails. Ils transportaient leur gamelle ici et là, à la manière de ceux qui veulent prouver leur agilité. Faisant jaillir de véritables "fontaines de sable", ils passaient plusieurs heures à creuser des trous dans lesquels ils s'enfouissaient entièrement.

Tews n'ignorait pas que ces travaux de terrassement étaient en réalité des actes désespérés. Ce n'était pas par coquetterie qu'ils se mouvaient ainsi, mais en raison du sentiment d'abandon qu'ils ressentaient. Toute cette mise en scène de tours d'adresse et d'activités absorbantes était une illusion. Tews connaissait toutes les nuances du malheur des chiens. Avec le temps, ce domaine avait même suscité chez lui un intérêt empreint de curiosité. Lorsqu'un nouvel arrivant était attaché au dispositif, il guettait le moment où celui-ci comprendrait ce qui lui arrivait. Dans un premier temps, la bête abandonnée restait assise, la tête docilement penchée et le regard fixé sur le véhicule militaire qui disparaissait au loin. Décontenancée par sa situation nouvelle, elle se raccrochait encore à l'espoir qu'une erreur s'était produite. Mais dès que le bruit du moteur s'évanouissait, elle se mettait à courir en tous sens, paniquée. Cependant, d'autres chiens semblaient moins touchés par cet abandon soudain. Il s'agissait selon Tews de chiens de garde du village qui avaient été déjà auparavant attachés de façon très contraignante. Ceux-là ne tardaient pas à inspecter leur secteur, d'abord avec prudence, puis s'en remettant au miracle de la laisse coulissante.

Deux histoires sordides circulent au sujet de la maison isolée de Wilhelm Tews. Les précédents propriétaires, qui passaient pour politiquement instables, avaient été déplacés vers l'intérieur du pays en 1952. Les expulsions hors de la zone réglementée, préparées en haut lieu, se répétèrent en 1961 et en 1972 au cours de l'"Opération bleuet" et de l'"Opération rose". Rien que dans le Mecklembourg, plus de deux mille frontaliers furent forcés de déménager en raison de suspicions d'ordre idéologique dans le cadre de l'"Opération vermine".

Wilhelm Tews perdit lui aussi sa maison familiale située à l'autre bout de Herrnburg, aux abords de Lübeck. Elle fut détruite en 1961 en raison de la gêne qu'elle représentait pour le tracé de la frontière. On s'efforça alors d'aider Tews à surmonter sa peine en le reconnaissant comme "politiquement fiable" et en lui attribuant une maison récemment évacuée comme on décernerait une décoration. Ce n'est qu'à contrecœur que Tews s'installa dans cet endroit reculé. Et s'il s'était mis un jour à chanter les louanges de sa nouvelle demeure, c'était davantage pour remonter le moral de sa femme inconsolable.

Une pelouse en pente mène de la route à sa maison. Elle est entourée à sa gauche par une forêt de pins et à sa droite par des bouleaux. L'endroit serait idyllique si le terrain à l'arrière du bâtiment n'avait été nivelé en raison de sa position qui faisait face à l'ennemi. C'est ainsi que Tews avait vécu pendant trente ans au bord d'un désert qui se transformait à présent peu à peu en steppe. Dans la zone où les tirs étaient autorisés, les tempêtes balayaient la plaine, poussant le sable contre les murs de la maison et à travers les grillages des clapiers avant de le remporter en de violentes spirales qui tourbillonnaient dans la cour comme un rotor. Tout ce qui se trouvait à l'extérieur était ensuite complètement ébouriffé, notamment les poules malmenées par les rafales.

Ne serait-ce que par égard pour la tristesse de sa femme, Tews s'efforça de vivre comme une aventure les rigueurs excessives de la frontière. Le mercredi midi, lors de l'exercice d'alerte, il s'imaginait dans les étendues sauvages du Grand Nord. C'étaient d'abord à Herrnburg, le village où se trouvait la sirène, que les chiens se mettaient à hurler. Ils étaient ensuite rejoints par les chiens du front, le long des rails en provenance de Lübeck, puis par ceux situés derrière les jardins des lotissements. Après quoi le hurlement se propageait dans le couloir à travers les champs avant de remonter la contrée désertique qui menait chez Tews.

Un chien après l'autre, ils reprenaient en aval le vacarme qui s'élevait vers le ciel, le transmettant à leur tour pour mieux attaquer une nouvelle modulation. Lorsqu'il entendait ce canon élégiaque, Tews était rempli d'un plaisir trouble. De même lorsqu'il apercevait ces silhouettes lupines, leur tête renversée en arrière lançant sa complainte vers le firmament.

PARMI TOUTES LES PARTICULARITÉS acoustiques que la frontière présentait, il y en avait une que Tews considérait comme une réelle nuisance : le bruit des anneaux métalliques auxquels les laisses étaient accrochées et qui venaient sans cesse heurter les butoirs du câble. Ces sifflements étaient éprouvants pour les nerfs. Et les chiens qui causaient ce tapage en perdaient la tête. Plus ils couraient comme des possédés pour échapper à cette stridence, plus celle-ci était aiguë. Tews pouvait observer, depuis son jardin, la folie naissante des chiens. Mais tant qu'il était spectateur, ce bruit n'avait aucune prise sur lui, il ressentait seulement la souffrance qu'il engendrait chez les chiens. En revanche, à l'intérieur de sa maison, lorsque le drame ne se déroulait pas sous ses yeux, le sifflement l'atteignait comme une douleur térébrante.

La nuit s'éclairait subitement quand un sanglier ou une branche emportée par le vent venaient à frôler la clôture, déclenchant au contact l'alarme automatique. Quelques secondes plus tard, sa maison baignait dans la lumière comme un monument. L'ensemble de cette portion du couloir, connue sous le nom de “passage Tews”, était alors soumis à l'incandescence de l'halogène. C'est dans cette clarté de laboratoire que Tews vit pour la première fois parader ce chien jaune qui était d'ordinaire toujours immobile – juché sur le toit de sa niche, croisant les avant-bras et maintenant sa tête fine dans les remous de l'air.

Tews jugea que la couleur de son pelage suffisait à le rendre impropre à la mission de dissuasion qui se trouvait la sienne, et qu'elle lui était même préjudiciable. Bien trop avenant, son visage dont la douceur se devinait de loin arborait une expression semblable à un sourire, comme si la rudesse de la frontière n'avait aucune incidence sur lui. Tews aurait aimé qu'il y eût moins de toutes ces choses qui semblaient réjouir ce chien. Car d'après les critères en vigueur dans cette République sous surveillance, il s'agissait là d'un chien plutôt mal vu, ainsi que l'étaient tous ceux qui ne quittaient l'orbite de leur niche ou restaient tapis dans son antre, les victimes de la solitude, ceux qui paniquaient pendant les tirs, ceux que le stress avait brisés.

Tews savait comment ils finissaient. On venait les chercher et puis on les piquait. Il s'était donc fait du souci pour ce chien jaune qui passait ses journées tel un maître placide sur le toit de sa niche. Et il fut donc d'autant plus soulagé de le voir se remuer cette nuit-là, faire étalage de son zèle en trottant dans la lumière artificielle.

Au commencement de chaque journée, Tews jetait un œil en direction du chien. Bien que la clôture eût pour effet de le rendre lointain, comme un personnage de film, Tews l'incluait dans sa tournée d'inspection matinale. En fonction de la saison, il imaginait l'état de santé du chien. L'humidité hivernale lui détrempait les pattes jusqu'à ce que du sang s'échappe de ses coussinets et qu'il se mette à lécher ses propres traces. Parfois Tews ne voyait qu'une ombre s'ébattre dans les congères, ou bien alors une tache dans sa zone habituelle, mais il savait que c'était lui. Et lorsque rien ne venait plus maculer l'étendue blanche, il le croyait mort, enseveli dans sa niche enneigée.

Mais pires encore étaient les œuvres de l'été. À cette époque-là de l'année, Tews enregistrait tel un avocat les réalités pernicieuses, propres à la frontière, qui meurtrissaient les chiens. Le couloir des chiens lui semblait abandonné, le désert aux marges duquel il vivait s'étendait chaque été, et le contrefort sableux de sa maison s'élevait à mesure que les bourrasques se succédaient. Les chiens ne pouvaient profiter d'aucune ombre, si ce n'est de la fine bande que leur niche projetait en fin de journée. Et pour les activistes extrémistes qui avaient défoncé leurs niches, même ce petit repli ombragé leur faisait défaut. Les niches elles aussi, des cubes en bois démontables pourvus d'une entrée latérale protégée à l'abri du vent – le modèle standard des organes armés –, devenaient en été de véritables étuves qui repoussaient même les plus craintifs à l'air libre.

Les affres de l'été culminaient cependant avec l'arrivée de la soif. Surtout du côté de l'aride "passage Tews", où il ne se trouvait aucune plante pour pouvoir recueillir la rosée. En début de journée, le petit camion de l'armée, un LO 1801A, remontait le couloir avec des bacs d'eau et de la nourriture. Un soldat était chargé de remplir les gamelles. Celles-ci étaient accrochées à deux anneaux d'acier retenus par un bâton planté dans le sol.

Après une journée particulièrement chaude, une ration d'eau supplémentaire devait en principe être distribuée dans la soirée. Selon les observations de Tews, cet ordre était plutôt interprété comme une recommandation. En outre, les difficultés de la compagnie frontalière en termes de personnel étaient toujours compensées au détriment de la brigade canine. Et quand la compagnie venait à manquer de soldats, peu importait la canicule, la seconde distribution d'eau était supprimée.

Au début, Tews voyait dans ce couloir une sorte de désagrément monotone et ininterrompu, et la soif des chiens ne lui apparaissait qu'à travers la petitesse de leurs écuelles et le maniement souvent désinvolte de la louche à eau. Ce n'est que lorsque ces chiens lui apparurent dans leur individualité et non comme une masse anonyme qu'il s'aperçut que cette détresse quotidienne pouvait encore se trouver exacerbée à certains moments. Ceux qui s'amusaient à transporter leur gamelle étaient aussi ceux que l'été punissait le plus sévèrement. Tews les voyait déjà renverser leur eau lorsqu'ils se mettaient en tête d'arracher leur récipient de son support.

Les autres grands affairés de la frontière, les terrassiers, qui dans un tourbillon de sable érigeaient avec leurs pattes les bosses d'un terrain de manœuvre, ou bien les infatigables sprinteurs, tous s'exposaient ainsi par leur zèle à la menace mortelle de la soif. Une troisième version de cet enfer estival était réservée aux plus passifs : gérant avec parcimonie leur réserve d'eau, ils laissaient ce faisant leurs économies s'évaporer au soleil. Voilà comment tous les chiens aggravaient d'eux-mêmes leur situation. Et ils renouvelaient ainsi chaque jour l'expérience lorsque la chaleur les écrasait. Après son travail, Tews était sûr de les apercevoir tout haletant devant leur niche.

Il fallut l'arrivée d'une ondée pour qu'il mesure l'étendue de leur soif. Les chiens léchaient les pierres et les piquets, leurs pattes, tout ce qui pouvait retenir un instant une trace d'humidité. Ils faisaient des contorsions pour laper la moindre goutte sur leur dos et essayaient de profiter du filet d'eau qui courait le long de leur laisse. Leur langue astiquait le toit de leur niche. Et après la pluie, Tews les voyait juchés sur leur perchoir, le museau penché vers le sol comme s'ils imploraient la résurgence d'une petite flaque.

Mais Tews dut s'en tenir à cet élan d'empathie qui, s'il ne le quitta jamais, perdit avec le temps quelque peu de sa force. Seule la démarche d'assoiffé ou la retraite affamée de son favori – lorsque celui-ci n'arrivait pas à atteindre sa pitance – pouvaient encore lui gâcher son dimanche. Il était souvent témoin de cette infortune lorsque le soldat, debout à l'arrière du camion lancé à vive allure, lui balançait sa ration du bout de sa fourche. Tews suivait le mouvement de la fourche avec la même attention pleine d'appréhension que son favori, observait comme lui la trajectoire du morceau et partageait enfin son horreur lorsque celui-ci retombait hors de portée du chien. Tard dans la nuit, on entendait encore les bonds désespérés que la bête faisait, à chaque fois refoulée par les coups d'arrêt de la laisse.

AU FIL DES ANS, Tews avait fini par intégrer la présence du couloir des chiens, la détresse de ces compagnons lointains ne formait désormais plus que l'arrière-plan de sa propre lutte pour la vie. Son épouse elle aussi semblait s'être apaisée. Ses activités d'horticultrice l'absorbaient complètement. Vivre loin des hommes avait ses bons côtés. Tews, mécanicien à la coopérative de production agricole de Lüdersdorf, s'autorisait à rentrer chez lui sur un énorme tracteur pour la pause déjeuner. Et pour ce qui était de la cueillette des champignons, ce furent même pour lui des années incomparables. Tews devait seulement prendre garde à ne laisser aucune trace lors du franchissement de la bande de contrôle. Pour cela, il s'aidait d'une planche qui lui servait ensuite à reproduire les sillons de la herse. Une fois arrivé dans la forêt, il n'avait plus qu'à s'agenouiller n'importe où, tant les girolles étaient nombreuses.

Tews s'était attaché à Peter Schoschies, un éclaireur des troupes frontalières qui avait été comme un fils pour lui. Schoschies accomplissait son devoir de soldat avec un zèle modéré. Il savait que Tews allait ramasser des champignons, et cette activité aurait dû lui apparaître comme une infraction. Pour rire, il n'hésitait pas à crier "Halte, personne ne bouge !" quand il entendait un craquement dans le coin de forêt que Tews fréquentait le plus souvent. Les deux hommes échangeaient des pigeons. Schoschies emmenait les pigeons de course de Tews au-delà de la limite de la zone réglementée pour qu'ils puissent participer à des "vols pour la paix" ou à des "vols de solidarité", ainsi qu'à des "lâchers" solennels ; il s'occupait également de leur participation à des concours en Pologne. Et son ami l'en remerciait en l'invitant à sa table bien garnie. Le dimanche, un fumet de pigeon rôti s'exhalait de la cuisine, et Tews parlait du petit cœur qui battait entre ses mains avant qu'il ne fasse son office.

Lors de ses patrouilles, l'éclaireur avait coutume de lui rendre visite, accompagné de son chien Utz en harnais de pistage. Étant donné l'isolement de la maison, le risque d'être aperçu était minime. Mais cet emplacement avait pour inconvénient d'"exposer" la maison et de faire que tout ce qui s'écartait de l'ordinaire, ne serait-ce qu'un vélo inconnu posé contre la haie, attirait nécessairement l'attention. S'il avait été repéré, durant la journée du moins, Schoschies aurait été contraint d'exciper de son devoir d'assistance et de prétendre que le vieux Tews, cherchant de l'aide, lui avait adressé un signe tandis qu'il exécutait sa ronde.

Lorsqu'il faisait nuit, Schoschies cachait son vélo près de la remise. Seulement, il ne pouvait ainsi plus donner les apparences voulues à sa pause du soir. Surtout lorsque le temps était mauvais et que, trouvant refuge dans le salon de Tews, il s'asseyait devant la télévision après avoir retiré ses chaussures, en attendant que le poêle sèche ses vêtements. L'éclaireur, que sa femme avait quitté pour un officier, avait fait part de son chagrin à Tews. Il s'en était ouvert à lui avant même que la rumeur de cet affront ne circulât dans les casernes. Marque de confiance absolue, il avait offert à Tews un tout jeune berger allemand qu'une femelle avait mis au monde sur la frontière.

C'était un cadeau risqué. Le simple fait qu'une chienne ait pu être gravide représentait un incident. Mais le vrai problème était en réalité la présence de ce mâle en liberté, l'origine de l'incident. Son anneau coulissant avait dû s'user à force de frotter contre le câble. Il pouvait aussi avoir arraché avec ses dents son collier quelque peu détendu ou avoir glissé sa tête au-dehors en appuyant l'une des extrémités contre l'arrière de son crâne. C'est à lui que l'on devait toutes les grossesses à l'intérieur du couloir.

Les chiennes en gestation affaiblissaient le potentiel de surveillance. Lorsqu'elles approchaient du terme, elles ne réclamaient que du repos. Puis elles passaient sept jours à s'occuper exclusivement de leur portée, et les plus maternelles ne mangeaient que si leur gamelle était avec elles dans la niche. En raison de cet arrêt de travail qu'imposait l'accouchement, ordre était donné d'abattre la portée.

Tews baptisa son chiot Lux. Celui-ci devint un compagnon susceptible, caractère que Tews imputa à sa naissance tourmentée. Sa génitrice, qui ne voulait pas s'installer dans sa niche malgré les rigueurs de l'hiver, avait creusé un trou à ciel ouvert pour y loger sa progéniture. Ce comportement laissait penser qu'elle était retournée à l'état sauvage. Pour l'éclaireur Schoschies, cet événement témoignait, de la part de la chienne, d'une volonté de s'affirmer, de regagner une forme de souveraineté en opposition avec le dispositif qui la maintenait captive. En son for intérieur, Schoschies félicitait chaque chien qui, sur la frontière, refusait l'asservissement, reconnaissait la nécessité de la solitude et se délivrait lui-même de sa passivité.

Schoschies avait contribué au creusement de la tanière destinée à accueillir les chiots pendant que la mère était retenue par une perche de capture. Elle correspondait aux standards de race des bergers allemands. Comme le père de sa descendance était lui aussi nécessairement d'un pedigree valable, la portée fut conservée et placée sous la garde d'une autre chienne. Cette dernière s'occupait déjà de ses propres petits dans un endroit tenu secret au cœur de la forêt de Schattin.

C'était une sorte de maternité clandestine pour les chiennes de la frontière, ainsi qu'un refuge pour l'élevage de chiots de bonne famille. C'était en outre un camp de passage pour des animaux illégaux destinés au troc. On y trouvait aussi bien les élus, ceux qui avaient été libérés et avaient quitté leur couloir, comme jadis le magnifique Büffel, que les individus de moindre valeur que l'on envoyait combler les trous du rideau. Sauver, échanger, remplacer ces chiens, toutes ces opérations n'étaient qu'à moitié le fait d'élans de charité puisque ceux qui bénéficiaient de ces faveurs étaient invariablement des bergers allemands.

Même pour quelqu'un d'aussi amène que l'éclaireur Schoschies, les bergers allemands avaient l'apanage de la beauté. À ce sujet, il restait intransigeant, même face à son ami Tews, pour qui le mâle jaune derrière la clôture représentait l'essence même du chien. Schoschies céda sur la qualité du profil, la hauteur des oreilles. Mais de face, la tête était déjà visuellement disqualifiée : la gueule trop pointue, les yeux trop obliques, le crâne décharné. Et comme Tews ne s'avouait pas convaincu, Schoschies eut recours à une précision plus clinique encore dans la description du reste de sa morphologie. La créature qu'il examinait là n'avait plus rien à voir avec l'espèce canine : elle pâtissait d'une mauvaise angulation de l'avant-main et de l'arrière-main, sa ligne de dessus, qui joignait les oreilles, le garrot et la croupe, n'était pas inclinée – d'après les critères de Schoschies, on ne pouvait pas appeler ça un dos.

UN ÉCLAIREUR était un militaire de carrière. Contrairement aux "appelés", à ces soldats assignés à la surveillance dans des tours ou entre les clôtures, qui, pour être en permanence sous contrôle, effectuaient toujours leurs manœuvres à deux, il s'occupait seul de son service. Il pouvait couvrir jusqu'à vingt kilomètres à pied, trente s'il était à vélo, toujours en compagnie de son chien. Il portait une kalachnikov avec une réserve de soixante balles, un pistolet, des jumelles et un émetteur-récepteur. En tant que "porteur d'arme permanent", il rentrait à son domicile, d'où partaient également ses itinéraires de patrouille, avec tout son équipement. Son chien était aussi à sa charge personnelle.

L'éclaireur effectuait des missions de reconnaissance dans la zone réglementée et devait représenter un premier obstacle, avant la clôture d'alarme, pour tous les fuyards potentiels dont il s'appliquait à suivre la logique. En cas d'extrême nécessité, il avait recours à son arme à feu. Mais avant d'en arriver là, il devait lancer son chien à l'attaque. Si une alerte était déclenchée sur la frontière, ou si l'on s'attendait à quelques provocations, l'éclaireur était envoyé dans ces endroits sensibles. Les mariages et autres fêtes de famille devaient faire l'objet d'un renforcement du dispositif de surveillance frontalier. Pour sa part, il devait surtout tenir à l'œil les invités venus des contrées situées en dehors de la zone réglementée, ceux qui parfois se ruaient vers la frontière sous l'emprise de l'alcool.

En règle générale, il lui répugnait de devoir observer de l'extérieur les ondulations dansantes d'une salle d'auberge, les dandinements des convives autour d'une table à rallonge, ou d'épier depuis un buisson les mouvements chaloupés d'une polonaise au jardin. L'éclaireur avait certes pour ordre de se poster à tel ou tel lieu. Mais ses patrouilles s'approchaient davantage de randonnées improvisées si on les comparait au cheminement monotone des sentinelles.

La liberté dont bénéficiait l'éclaireur, caractéristique de sa fonction, l'exposait à certaines tentations. Il avait par exemple pour habitude de faire halte chez des civils, ce que le règlement interdisait, mais était conforme aux mœurs courantes. De même qu'il prenait part à l'économie de troc en usage dans le pays. Sa contribution consistait à fermer les yeux sur des infractions ou à faciliter certains écarts. S'il faisait preuve d'indulgence envers un chef de brigade de la coopérative agricole qui conduisait en état d'ébriété, il recevait un sac de blé pour ses poules. Si c'était un plombier, il y gagnait un tuyau d'écoulement.

D'ailleurs l'éclaireur ne faisait rien pour empêcher ces petits délits, tant la perspective d'obtenir une marchandise rare lui plaisait. Oui, il en venait même à souhaiter tomber sur telle ou telle personne. Avait-il besoin de voliges, il se mettait à guetter le menuisier qui résidait hors de la zone. Celui-ci avait une liaison avec une femme des environs, et comme il était marié et que son amante avait mauvaise réputation, leur sombre histoire n'avait guère besoin d'être ébruitée… Or, ne disposant que du laissez-passer de travail octroyé aux ouvriers, le menuisier était censé repartir avant neuf heures du soir. On imagine la détresse qui accablait notre homme. Et pourquoi celui-ci ne tarda pas à commettre le forfait d'une nuit clandestine en pleine zone réglementée.

C'est dans la solitude que l'éclaireur passait l'essentiel de ses journées de travail. Ses itinéraires lui faisaient traverser un paysage redevenu sauvage grâce à la frontière. Il distinguait les saisons en fonction des avantages et des inconvénients qu'elles réservaient aux fugitifs, et ces paramètres étaient habituellement les mêmes qui influençaient ses états d'âme. C'est lorsqu'elle était revêtue de son manteau de feuilles que la nature offrait la meilleure protection : vers la fin du printemps, il était donc plus agréable de patrouiller.

Ensuite venait la période des essaims de moucherons, mais aussi des nuits chaudes – ce que l'été avait de bon à offrir. Les fugitifs pouvaient se cacher plus longtemps, ce qui coûtait à l'éclaireur sa tranquillité nocturne. Quelque chose de compact lui apparaissait dans chaque buisson quelque peu touffu. Chaque déclivité du terrain envahie par la végétation lui semblait abriter un être accroupi. Enfin, l'hiver venu, quand le froid commençait à le déranger lui aussi, les occasions de se montrer suspicieux se raréfiaient. Les fourrés n'étaient plus opaques et le champ de tir s'était éclairci.

Autant que sa nature le lui permettait, l'éclaireur remplissait ses fonctions en ayant conscience de sa qualité de soliste apprécié. Ou bien, il se trouvait livré à une indépendance épuisante car les petits événements de la nature le requéraient plus que les signes d'une évasion. Les nuits surtout représentaient pour lui une menace, avec ces bruits dont il ne savait repérer l'origine. Des piaillements, des halètements, des craquements, des déplacements furtifs – les sons de la forêt le poursuivaient partout, devançaient ses pas. Lorsqu'il s'immobilisait, il lui semblait que ceux-ci l'encerclaient et se moquaient de lui. Dans la diversité du paysage sonore, il lui fallait aussi interpréter le grondement de son chien qui signalait différemment un ennemi de la République et un chevreuil.

En fonction de son état d'esprit, l'éclaireur jouait aussi son rôle de naturaliste délégué. Il ramassait les pelotes de réjection des chouettes pour les instituteurs ou indiquait aux villageois le moment où la renarde n'allaitait plus et s'apprêtait à rendre visite aux poulaillers. Mais il jouait également le rôle inverse et se plaisait à devenir le complice des animaux de la forêt. Dans ce cas, il envoyait la troupe de chasseurs vers la gauche quand la compagnie de sangliers se trouvait à droite. De manière générale, il détestait les unités de chasseurs, ces ramassis d'officiers qui faisaient cortège au chef de régiment et se croyaient tout seuls dans les bois de la frontière.

Leur activité portait le nom d'abattage du gibier à des fins militaires. Cette appellation officielle évoquait d'emblée les salves des fusils. Les tireurs bénéficiaient d'une dérogation permanente pour la chasse. Leur mission minutieuse, prétendument nécessaire et urgente, consistait à prévenir les dégâts causés par le gibier sur les installations frontalières et les déclenchements d'alarme d'origine animale. Elle avait également pour but de réduire le nombre de mines explosant sous le sabot d'un chevreuil ou sous les pinces d'un sanglier. La veille de la chasse, l'officier d'ordonnance du commandant passait à la caserne chercher un volontaire pour le projecteur H4. Le soldat retenu avait pour charge d'éclairer le lieu de destination de l'unité cynégétique. Les phares de la jeep UAZ russe, dans laquelle une partie des chasseurs étaient assis, émettaient une lumière aveuglante presque aussi puissante. Dans cette rafale lumineuse, le gibier hypnotisé apparaissait à profusion. L'officier supérieur mettait en joue l'animal le plus majestueux et ses subalternes moins gradés s'occupaient du reste.

Leur pratique à tous était révoltante. Ils faisaient feu pendant l'allaitement, tiraient depuis leurs affûts perchés sur les amas de pommes, ou canardaient l'intérieur du piège en bois qui encerclait la laie et ses marcassins jusqu'à ce que les mouvements de la harde se réduisent à des spasmes. Les tireurs avaient toute licence. Quelle que soit leur méthode et quelle que soit leur cible, il semblait s'agir d'une nécessité militaire. Il était toujours question, même si celui-ci s'accompagnait d'un certain plaisir, de l'accomplissement d'un devoir supérieur que les tireurs prétendaient ne pas pouvoir contourner.

Dans la mesure où leurs échos ne parvenaient pas jusqu'aux villages, seul l'éclaireur était au courant des massacres de l'unité cynégétique. Lui seul, qui connaissait les bois mieux que les chasseurs, aurait pu servir de témoin de leurs exactions – mais aussi de leur enrichissement, le vrai moteur de leur zèle. La venaison était achetée à bon prix lorsque les animaux étaient abattus par un tir convenable. Ceux qui avaient été trop abîmés pour être vendables, percés de toutes parts par les tirs de barrage, gisaient sur le lieu de leur mort. Plus tard, l'éclaireur tombait sur leurs cadavres, des chevrettes gravides, des faons et des sangliers imposants, mais aussi sur toutes ces bêtes qui s'étaient enfuies, blessées, avant de succomber. C'est que les chasseurs de l'armée n'utilisaient pas de chiens et ne se donnaient pas la peine de chercher eux-mêmes leurs victimes. À la lisière de la forêt, on trouvait les viscères des proies qui avaient été abattues dans les règles de la chasse et pouvaient donc être vendues.

L'été, les corps en décomposition exhalaient leur odeur macabre. La chaude journée qui suivait la nuit de chasse avait suffi à les transformer en charognes que les oiseaux et les charognards se partageaient. Chaque souffle d'air annonçait à l'éclaireur l'imminence d'une vision atroce. Il entendait de loin les assauts nerveux des insectes. Quelle que fût la direction empruntée, son parcours prenait un tour morbide. Rien que d'y penser, chez lui, il pouvait en avoir l'estomac retourné, lorsqu'il décrochait la courte bêche militaire qu'il transportait volontairement et lui servait à recouvrir de terre les charognes.

L'aspirant-chef Zimmermann pensait que les gardes-frontières de l'Allemagne de l'Ouest étaient tous des héritiers d'industriels ou des descendants de lignées aristocratiques, et cette idée le mettait en rogne. Il était convaincu qu'ils avaient tous grandi dans l'opulence de somptueux manoirs, ce qui apportait une dimension "extra-militaire" à la vision stéréotypée de l'ennemi qu'il avait été amené à développer. Cette conception était née d'une rumeur mise en circulation par les plus hautes autorités militaires afin de favoriser l'émulation au sein des troupes.

Lorsqu'il exerçait ses fonctions d'éclaireur, Zimmermann avait devant ses yeux un ennemi fortuné, gâté, qu'il devait par conséquent doublement haïr. L'un comme l'autre, chacun derrière sa clôture, étaient accompagnés par un chien dans leurs patrouilles. Ils se regardaient mutuellement passer de mornes journées sans événements mis à part les humeurs du ciel. En plein été, tous deux traînaient leurs lassitudes parallèles pendant les heures chaudes. Mais là où leur symétrie était la plus frappante, c'était quand ils s'observaient à la jumelle, et que chacun entendait miner la patience de l'autre en faisant étalage de la sienne. Celui qui reposait en dernier ses jumelles avait gagné.

Bien qu'une telle rivalité impliquât à l'occasion ce type de comportements badins, sa portée allait pour Zimmermann bien au-delà du cadre militaire. Elle pénétrait jusque dans la sphère privée de sa vie, dans les murs de son logement au-dessus de l'étable des taureaux reproducteurs, dans son petit environnement bien soigné qu'il opposait aux enfilades de pièces des demeures de l'ennemi. Elle touchait à cette supériorité socialiste qu'il ressentait en montant sur son vélo de fonction douze fois repeint, sur lequel aucun descendant du grand capital ne grimperait jamais.

La rumeur avait fini par se retourner contre l'organe militaire de la classe ouvrière, dont Zimmermann faisait partie. Cela sapait son moral. Dans son esprit il voyait les fils de l'élite jouer au tennis pendant qu'il travaillait encore après son service pour arrondir ses fins de mois. Il possédait six porcs, dont cinq étaient destinés à la vente, évalués chacun à mille cent marks. Il élevait les chiots de ses chiennes pisteuses afin qu'ils puissent lui servir de monnaie d'échange.

Dans son élevage, il possédait toute la palette des petits animaux de basse-cour : des poules naines, des pigeons, des cochons d'Inde pour offrir aux enfants, et des lapins qui correspondaient aux standards de race – quinze rejetons par lapine pour les trois portées annuelles – et convenaient à la production de viande blanche. Il pouvait en tirer cinquante marks ou plus par tête. Zimmermann évoluait dans une arche d'appentis, de volières, de caisses entreposées sur des chevalets, de refuges munis de chatières ou de fenêtres grillagées. Lorsqu'il entrait dans ce lieu, il déclenchait une ruée pleine d'espoir à l'intérieur de chaque cage. Tous ses hôtes réclamaient de la nourriture et un peu de nettoyage.

Non pas qu'il fût véritablement dans la gêne ni que la viande eût manqué dans la soupe en l'absence de sa basse-cour. Ses quatre enfants quittaient la table repus. Et sa femme, standardiste dans une grande ferme laitière, obtenait gratuitement ces aliments qu'il distribuait le soir à ses animaux. Les revenus annexes de Zimmermann lui servaient à couvrir des besoins d'un autre ordre, à se procurer des carrés de moquette, un rideau de douche ou un robinet mélangeur, ces choses précieuses qui arrivaient de l'Ouest par colis et que leurs destinataires revendaient sur le marché.

Lui-même ne recevait jamais aucun paquet en provenance de l'Ouest, puisqu'il faisait partie de l'armée. En cette qualité-là, il n'était même pas censé connaître un potentiel expéditeur occidental. Le simple fait qu'un tel paquet se trouve sur le pas de sa porte, et même s'il s'agissait d'une erreur du facteur, pouvait passer pour une trahison militaire. Et son activité secondaire au sein de sa petite ferme, dont les recettes lui permettaient de se procurer les produits de l'ennemi, jouait aussi en sa défaveur. Tablier noué autour des reins dans sa porcherie, il salissait l'image du militaire de carrière socialiste. Un aspirant-chef qui se servait de sa faucille pour couper de l'herbe à lapin et qui échangeait ses hamsters contre des amandes effilées et des raisins secs touchait à l'honneur de l'armée.

ZIMMERMANN avait ouvert la porte de la porcherie à l'aide de sa fourche à fumier et était tombé sur Möss, le chef de district. Il portait la fourche comme un plateau au bout d'un long manche, à l'horizontale et à hauteur de poitrine, si bien que Möss pouvait avoir l'impression que Zimmermann voulait lui servir quelque chose. Les deux hommes partageaient depuis des années une forte aversion mutuelle. Mais les lois du village imposant le règne d'une certaine cordialité, ils ne manquaient pas de se saluer d'ordinaire, quand ils se croisaient. Et à chaque nouvelle rencontre qui rafraîchissait leur antipathie réciproque, ils se saluaient même avec la plus grande prudence. Or il se trouvait que ces lois étaient à présent abolies.

Les deux hommes étaient figés l'un en face de l'autre, Möss ayant sous le nez la fourche que Zimmermann lui présentait. Cette situation ne pouvait se résoudre sans heurts. Zimmermann sentit un long regard se poser sur lui. Un regard qui annonçait une riposte, un plan redoutable échafaudé en l'espace de quelques secondes.

LE MESSAGER chargé de délivrer l'assignation gara la voiture militaire juste devant la grande porte d'entrée du vestibule. Il évitait ainsi les flaques de purin et pouvait ensuite se mettre en quête de l'aspirant-chef Zimmermann sans se mouiller les pieds. Les étables se trouvaient à sa gauche. De chaudes essences bovines émanaient par toutes les jointures. On entendait la rumination des taureaux, le remue-ménage des sabots, le claquement de leurs houppes, leurs puissants jets d'urine, le cliquetis des chaînes autour de leurs têtes. Derrière une porte en contreplaqué, à l'autre bout du vestibule, un escalier menait à l'appartement de Zimmermann.

Sur la première marche, ses bottes de garde-frontière émergeaient parmi plusieurs paires de chaussures et de pantoufles. Juste au-dessus se trouvaient un exemplaire du *Neues Deutschland* de la veille, dont certains passages étaient soulignés au stylo, une publication dédiée à la volaille et un périodique intitulé *Der Hund*. Ces derniers semblaient avoir été lus et relus. Ainsi que Zimmermann l'expliquera plus tard à l'officier de la Stasi, il s'agissait là de revues empruntées à un ami éleveur à qui il prêtait son *Neues*

Deutschland en échange. Il déclarera les avoir posées toutes les trois sur les marches pour qu'il n'ait plus qu'à les emporter. Pour ce qui est du *ND*, l'organe obligatoire du soldat, il ajoutera qu'il était lui-même un abonné et non, ainsi qu'on l'avait insinué, quelqu'un qui profitait de l'abonnement d'un autre.

Le messager appela en direction de l'étage, mais il n'eut aucune réponse de ce côté-ci. La voix de Zimmermann résonna depuis l'extérieur. Des éclats de voix autoritaires fusaient entre les autres bruits de basse-cour : "Donne !", "Au pied !", "Assis !" Ils venaient du côté de la ferme où se trouvait le jardin. En suivant leurs échos, le messager se trouva embarqué dans un labyrinthe de réduits divers. Il se courba sous des bottes d'oignons, des chapelets de fruits séchés et des bouquets de menthe retournés, sous des peaux de lapins et des vessies de porcs accrochées à des fils. Une petite pièce pleine de plumes rangées dans des sacs en fonction de leur origine jouxtait une cuisine servant à la préparation du fourrage. Dans la cocotte cuisaient des pommes de terre destinées aux cochons, dont les grognements et surtout l'odeur lui parvenaient déjà. À côté de la marmite se trouvait, astiquée comme une table d'auberge, une planche à découper les os. Toutes ces choses trahissaient la main méticuleuse de Zimmermann.

L'assignation le sommait de comparaître devant l'état-major du régiment de Schönberg dès le lendemain. Zimmermann associa spontanément cette sommation à Möss, le chef de district. Il devinait déjà les reproches qui lui seraient faits. Il ressentit un certain malaise en voyant le messager sortir de la porcherie par la seule porte qui, de la sphère intime de son activité secondaire, menait à l'extérieur.

Le messager tomba sur l'homme qu'il cherchait alors que celui-ci était en train d'entraîner son chien. Le berger allemand, qui courait vers Zimmermann avec un bâton dans la gueule, s'assit devant son maître et relâcha son bout de bois lorsqu'il l'entendit dire : "Donne!" Il s'agissait d'un jeune chien récemment acquis par l'armée. Zimmermann qui, pendant son temps libre, était en outre dresseur de chiens militaires, gagna une petite consolation dans son malheur à l'idée de se trouver à ce moment précis en plein exercice professionnel.

L'ÉTAT-MAJOR DU RÉGIMENT était établi dans un ancien bâtiment de la Wehrmacht à l'architecture imposante : un avant-corps soutenu par des colonnes, un hall immense et un large escalier en pierre. Le bureau de l'officier de la Stasi se trouvait au premier étage. La porte capitonnée n'avait qu'une poignée extérieure. Pour la refermer de l'intérieur, il fallait actionner un bouton dissimulé dans le capitonnage.

Zimmermann se retrouva dans une pièce remplie de fumée de tabac, dans laquelle même la table de travail avait perdu ses contours. Quant au fumeur qui était assis derrière cette table, on ne pouvait que deviner sa silhouette d'officier. L'odeur était celle de ses cigares à trente sous de la marque Jagdkammer.

"Aspirant-chef Zimmermann, à vos ordres!" La fermeté de son annonce sembla s'émousser comme un projectile dans de la ouate. Et la fumée absorba le rituel de la casquette : après le salut effectué de la main droite, il fallait la retirer et la tenir dans la main gauche, contre la hanche, l'ouverture tournée vers le corps et la cocarde vers l'avant en direction du supérieur. Dans ce cas-là, il s'agissait d'un certain camarade Hauptmann. Cet homme-là était trop jeune pour faire des ronds de fumée avec une telle application. Et sa manière d'équilibrer le port de son cigare pour ne pas faire tomber son cône de cendre ne correspondait pas non plus à son âge. Sa pâleur en revanche s'accordait bien avec ses gestes. Lors de son long discours de réprimande sur les cochons de l'aspirant-chef et leur incompatibilité avec la vocation du soldat socialiste, son visage donnait l'impression qu'il était à l'instant même envahi par l'odeur de ces bêtes. Puis il mit Zimmermann en garde contre la poursuite d'intérêts petits-bourgeois après le service.

Au début, l'aversion entre l'éclaireur Zimmermann et le chef de district Möss, plutôt naturelle, était celle de deux hommes dont les compétences se recoupent mais qui dépendent d'autorités différentes. De par sa position, Möss représentait dans ce district la Police populaire, il était sous les ordres du ministère de l'Intérieur, c'est-à-dire du jumeau symbiotique de la Stasi pour ce qui était de dépister les ennemis intérieurs. Auprès des villageois, Möss adoptait le comportement du sympathique agent de police, une main amie et secourable. Il connaissait les chagrins que l'isolement de la zone réglementée leur causait, le tarissement des contacts avec la famille, et les procédures à engager afin que la barrière s'ouvre pour les invités à la noce. Toute son attention était tendue vers la lassitude que les habitants pouvaient éprouver dans de pareilles conditions. Car la lassitude était un motif de fuite.

Möss avait un talent pour flairer les envies d'exil. Lors d'un revers de fortune, au moment où la victime se confiait volontiers, il rappliquait immédiatement. Souvent il prenait place à la table des villageois, ne refusait pas de boire un premier petit verre de schnaps en leur compagnie et d'entendre leurs doléances. Il classait chaque désaccord conjugal selon un barème précis en fonction de la probabilité qu'ils débouchent un jour ou l'autre sur un acte inconsidéré. Et comme les conjectures faisaient partie de ses compétences professionnelles, il ne tardait pas à apercevoir celui qui avait commis l'adultère ou en était victime en train d'escalader la clôture frontalière. Pour lutter contre ce type d'intentions indémontrables, Möss empruntait ensuite la voie hiérarchique.

Möss tenait une permanence hebdomadaire. La plupart venaient le voir pour remplir des formulaires de visite. Outre les renseignements personnels, le degré de parenté et le numéro d'identification de ceux que l'on souhaitait faire venir, il fallait aussi préciser le but de la visite. Möss décidait ensuite s'il était nécessaire de transmettre les requêtes au bureau local de la Police populaire. Il prenait tout son temps pour examiner leur pertinence. Et lorsqu'elles ne lui semblaient pas probantes, il inscrivait une annotation au verso. Il mentionnait par exemple le désarroi qu'il avait ressenti chez l'un de ceux qui étaient venus faire une demande, le fait qu'il ait tenu des propos nuisibles à la République ou bricolé son poste de télévision pour capter les chaînes de l'Ouest. Ces annotations étaient un instrument de pouvoir qui lui permettait de s'opposer à une demande de visite ou de recommander une interdiction de séjour temporaire. Voilà comment Möss touchait au point le plus sensible de la zone réglementée.

Au Jour de l'an 1986, Zimmermann tomba nez à nez avec des enfants sur le pas de sa porte. Ils se trouvaient en compagnie d'un chien tout tremblant, un pointer à poils ras couleur chocolat. À son collier se trouvaient attachés un timbre fiscal de l'Ouest ainsi qu'une capsule dévissable contenant un bout de papier où étaient inscrits son nom ainsi qu'une adresse à Lübeck. Il s'appelait Kemal. Les enfants l'avaient ramassé dans la matinée près de Herrnburg, le village qui faisait face à Lübeck-Eichholz par-delà la frontière, là où passait le train interzones de la ligne Hambourg-Rostock.

Le chien semblait bien portant, ce qui excluait qu'il ait pu errer très longtemps. Les feux d'artifice et les pétards du réveillon de Lübeck l'avaient probablement fait détaler dans un élan de panique. Cette hypothèse pouvait expliquer son trouble. Mais il n'avait pu franchir la frontière que d'une seule façon : en traversant les rails. Au grand dam du chef de district Möss, qui était en théorie responsable de ce chien, Zimmermann recueillit chez lui son nouveau protégé.

Kemal complétait, et même dépassait, l'image que Zimmermann se faisait d'une Allemagne de l'Ouest amollie. Après sa rencontre, il l'emmena avec lui à l'étage pour qu'il puisse reprendre des forces pendant cette première nuit. Zimmermann étendit une couverture près du poêle afin de protéger le tapis. Il était encore en train d'aplatir la couverture, plié en deux, lorsqu'il entendit un soupir d'aise venir de son nouveau compagnon. Kemal s'était posé dans un fauteuil et ne tremblait plus.

Du jour où le chien se fut installé dans son fauteuil, le garde-frontière Zimmermann ne vit plus les tours de Lübeck comme un leurre hostile. Leur proximité lui devint même plaisante. Elle renforçait l'espoir que le chien puisse rentrer chez lui sans faire de longs détours. Il eut l'idée de le mettre dans le train interzones. Le contrôleur est-allemand, qui devait descendre à la gare frontalière de Herrnburg, n'aurait eu qu'à le remettre à son homologue ouest-allemand venu pour la relève. Et cet agent n'aurait eu à son tour qu'à trouver quelqu'un à la gare centrale de Lübeck qui veuille bien reconduire ce chien chez lui ou le transmettre à nouveau à quelqu'un d'autre. Le contrôleur n'en crut pas ses oreilles. Quel manque de respect pour sa fonction !

Comme Kemal était entré en République démocratique sans carnet de vaccination, il s'agissait d'un cas d'importation illégale d'animal. Le vétérinaire du district de Grevesmühlen transmit l'affaire au vétérinaire en chef de Rostock. Celui-ci porta l'incident à la connaissance du Comité professionnel des vétérinaires rattaché au ministère de l'Agriculture, de l'Alimentation et des Forêts à Berlin. Afin d'entretenir les rapports pacifiques entre les deux Allemagnes, on préconisa en haut lieu l'organisation d'un rapatriement imminent : on prit contact avec la Représentation permanente de la RFA qui, par le truchement du gouvernement régional du Schleswig-Holstein basé à Kiel, demanda à son tour au maître du chien de Lübeck s'il voulait que son chien lui fût rendu. Celui-ci le désirait.

Un tel déploiement de mesures était un moyen de nier le coup d'éclat de Kemal, cet exploit qui consistait à sauter allègrement par-dessus la frontière, comme pour la ridiculiser. Il n'était plus considéré comme un chien échappé. Sa présence sur le territoire de la République démocratique faisait de lui un bien d'importation ; en suivant cette logique, son maître était quant à lui un exportateur. Mais il s'agissait à présent de se débarrasser de cet intrus. Pour ce faire, il lui fallait devenir une marchandise d'exportation.

Plusieurs semaines devaient s'écouler avant le retour du chien. Mais en attendant l'heure du départ, Kemal menait une vie de pacha chez Zimmermann. Il avait ses caprices. Après chaque promenade, il levait ses pattes une à une pour qu'on les lui essuie. Pour Zimmermann, son hôte était un produit de la société de classe et son comportement portait la trace du féodalisme. La nuit, il éprouvait le manque d'une présence humaine, bien qu'il entendît les ronflements de l'éclaireur dans la chambre d'à côté. Il lui arrivait de traîner ses vêtements jusqu'au fauteuil avant de s'y emmitoufler. Zimmermann attribuait néanmoins ces excentricités aux douleurs de l'exil, si bien que sa tendresse pleine d'indulgence aurait pu devenir un motif de raillerie pour ses collègues. Même sa chienne pisteuse Corina, ce brave soldat qui couchait dans sa niche sur une paillasse, lui faisait honte. Il suffisait qu'elle aboie dans la nuit froide pendant que le "pointer" était couché devant le poêle pour qu'il ressente le poids de l'injustice.

AH, CETTE CORINA, que de bons moments elle lui avait valu ! Elle était réputée pour son flair incomparable. En 1982, lors d'un exercice de parade, elle eut l'honneur de renifler le mouchoir du ministre de la Défense du Cambodge, un certain Bou Thong ; elle devait ensuite retrouver en aboyant le couvre-chef du ministre parmi plusieurs autres. De tels intermèdes étaient très appréciés lors de la "Journée des troupes frontalières", le 1er décembre, au moment de la visite officielle. Les membres de la délégation portaient l'uniforme de service du pays d'accueil, un camouflage destiné à préserver l'anonymat des dignitaires face aux gardes-frontières de la police fédérale.

La casquette de Bou Thong n'était donc pas empreinte d'une sueur accumulée au fil des ans mais sortait tout juste du magasin d'habillement du régiment, ce qui permettait de mieux mettre en évidence le talent de pisteur de la chienne. Quatre ans plus tard, à la même date, ces divertissements se répétèrent avec cette fois-ci pour spectateur le ministre de la Défense du Nicaragua, Humberto Ortega. Celui-ci prêta son peigne de poche pour mettre la truffe de la chienne à l'épreuve. Les stimulus olfactifs que cet objet familier dégageait facilitèrent considérablement son travail de recherche. Impressionné, l'aide de camp du ministre voulut également lui faire passer le test de la casquette. Cet homme était si petit que le barreau de chaise qu'il fumait semblait avoir les proportions d'un tuyau de poêle. Il fit renifler à Corina son étui à cigare en aluminium, un ustensile cette fois-ci vraiment froid et non imprégné d'odeurs corporelles avec lequel il avait espéré pouvoir tenir la chienne en échec. Mais ses espoirs furent déçus.

Six semaines plus tard, Möss apparut dans l'encadrement de la porte d'entrée avec une laisse sur l'épaule. Avant même qu'ils n'aient échangé une parole, Zimmermann sut qu'une inimitié était sur le point de se sceller. Le garde-frontière regardait une émission sportive avec Kemal assis à ses côtés. Devant un tel spectacle, Möss se sentit comblé. “Allez mon grand, c'est l'heure de rentrer à la maison!” lança-t-il pour briser la concorde qui régnait dans la pièce. Le bien-fondé de sa démarche lui procurait une jubilation palpable. Comme Zimmermann ne voulut pas paraître affecté en présence de cet homme qu'il abhorrait, ses adieux furent brefs. Il prit tout de même le temps de flatter l'encolure de la chienne, de lui aplatir les oreilles vers l'arrière, et de lui faire donner la patte – geste simiesque qui l'horripilait d'ordinaire au plus au point. Möss conduisit le chien nanti au commissariat de la police populaire de Grevesmühlen. On l'accompagna ensuite jusqu'à Gudow-Zarrentin, le poste-frontière dédié aux marchandises vivantes, où son maître l'attendait.

EN HAUT DES MARCHES, la silhouette raide de Zimmermann se détache. Sa tête donne l'impression d'être quelque peu aplatie par une planche. Mais lorsqu'il sort du contre-jour, on se rend compte que ce sont ses cheveux mouillés et séparés par une raie qui laissaient penser cela. Il a un visage tanné et fin. Sa moustache devait être toute récente, apparemment un essai pileux qui cherchait encore une harmonie avec le reste. Il en allait de même pour son short multicolore. Zimmermann s'exerce à la vie en civil. Au début, il avait fait partie de l'unité de démantèlement de la frontière, responsable notamment de la revente des clôtures en grillage galvanisées à chaud, 3 × 1,5 mètre ou 3 × 1 mètre pour respectivement huit ou six marks. Pourvues de petites mailles et inoxydables, ces pièces étaient très recherchées pour la fabrication d'enclos de potager, de poulaillers, et autres enceintes pour animaux. Zimmermann est maintenant veilleur de nuit et surveillant dans un établissement pour demandeurs d'asile installé dans l'ancienne caserne de gardes-frontières de Schlagsdorf.

Pour mieux surmonter le désarroi qu'apportaient ces temps nouveaux, il s'était empressé de rechercher la camaraderie d'amateurs ouest-allemands de chiens de berger et était devenu membre de l'Association sportive des chiens de travail de Ziethen-Ratzeburg. Lors de son arrivée à l'association, il avait eu droit au traditionnel pot, mais aussi à la question usuelle : "Heinz, as-tu déjà tiré sur quelqu'un ?" Il répondit qu'il avait eu la chance de ne pas avoir à le faire, mais que s'il avait fallu, il l'aurait fait. Voilà qui avait le mérite d'être clair. Comptaient dès lors seulement ses compétences cynologiques et il ne tarda pas à être élu au directoire.

L'Association de Ziethen-Ratzeburg, avec ses cahutes en rondins flambés, ses chaises tyroliennes et ses projecteurs sur le terrain de dressage, réchauffait le cœur du soldat destitué. Il trinqua avec des policiers et des anciens gardes-frontières de l'Ouest, ceux-là mêmes qui autrefois auraient été ses ennemis les plus intimes. Côté splendeur canine, en revanche, la réunification de l'Allemagne lui avait tout de même fait subir une vexation. Corina, sa doyenne, celle qui fut la reine du flair des gardes-frontières du Nord, celle qu'il évoquait toujours avec des étincelles dans les yeux, ne correspondait pas à l'idéal de beauté des bergers allemands répandu à l'Ouest. Selon ses voisins, il lui fallait une selle noire, de grandes marques feu, son dos devait être voussé, son poitrail bombé, et son anatomie devait être propice au trot. Or Corina présentait toutes les caractéristiques de la race de l'Est. Sa robe n'avait pas cet aspect bariolé, ce qui était censé être feu était chez elle gris. En raison de la raideur de son bras et de l'angulation de l'arrière-main qui en résultait, elle n'était pas bâtie pour le trot ; sa morphologie était plus proche de celle du loup et son allure naturelle lui rendait les joies équestres du trot inaccessibles.

Au cours d'une nuit d'hiver, Schoschies raconta au vieux Tews l'incident frontalier du lac de Lankow. Ce fut après une journée qui avait été particulièrement rude pour chacun des deux hommes. Schoschies était bouleversé de chagrin, sa femme ayant demandé le divorce. Et Tews avait abattu son chien, ou plutôt l'avait retenu pendant que son beau-fils portait le coup fatal. Son chien avait subitement basculé dans la folie, nerveusement brisé par le passage des soldats qui rôdaient autour de la clôture de jardin de Tews. Comme celle-ci était envahie par les buissons, les gardes-frontières en arrachaient des branchages pour effacer leurs empreintes de pas sur la bande de contrôle. Lorsque ceci se produisait, le chien se mettait à aboyer furieusement jusqu'à ce que sa voix s'enroue, et les soldats le poussaient encore plus à bout en agitant leurs branchages.

Cette nuit-là, qui avait été précédée de l'abattage du chien à l'aide d'une hache retournée, et pendant laquelle Schoschies, cherchant une consolation à sa vie ratée, brisa le secret professionnel, le "passage Tews" semblait lui aussi avoir été déserté par la vie. L'air glaçait les poumons des chiens de la frontière lorsqu'ils hurlaient. Ces hurlements s'amenuisaient bien vite en un gémissement avant de s'éteindre. Le froid devait donc être comparable à celui qui, lors de cette fameuse journée, avait régné sur le lac de Lankow, dont la rive occidentale se trouvait chez l'ennemi. La couche de glace était épaisse. Il aurait été possible de la traverser sur un tracteur ce jour-là, à l'heure où le couloir canin fut installé. On avait fait venir sept chiens à l'endroit où le lac formait comme un goulet.

C'étaient là des spécimens à l'épreuve des intempéries, leur pelage était le plus dense et le plus fourni qu'on pût trouver entre Pötenitz et Boizenburg – et parmi eux, superbe, se trouvait un berger du Caucase. Il avait les dimensions d'un ours, et sa robe alternait des nuances de cuivre et de laiton. Il surveillait le centre du lac et, suivant l'incidence de la lumière, Schoschies pouvait le voir courir sous son câble comme une boule de feu.

Lorsqu'il faisait beau, cette étendue glacée évoquait toutes les joies de l'hiver. Si les trajectoires des chiens décrivaient toujours leurs ovales habituels – le plus petit centré autour de la niche et le plus grand délimité par les butoirs –, ces ovales étaient ici polis comme des miroirs. Depuis les collines de la rive ou la lucarne d'une tour de guet, on aurait pu les confondre avec les "huit" infinis d'un patineur. Les anneaux sifflaient, les câbles vibraient. Ces deux bruits prenaient sur la glace une résonance cosmique. Les chiens se livraient à leurs démonstrations de glisse. Lorsqu'ils entendaient le véhicule chargé de distribuer leurs rations, ils se mettaient à courir, oubliant les propriétés glissantes de leur sol, et fusaient jusqu'au butoir comme sur des patins. Ils devaient ensuite surmonter la honte d'une chute et retourner sur leurs pas en gardant les jambes raides.

Puis la rigueur du gel s'amoindrit et il se mit à neiger. La neige atténuait l'activité des chiens du lac. Elle dissimulait les niches dont les entrées semblaient désormais mener à un bunker. Et des supports qui tendaient les câbles n'était plus visible que la moitié supérieure, comme les vestiges d'une histoire lointaine. Seul le berger du Caucase, au milieu de la scène, continuait de tournoyer et de labourer l'espace qui lui était dévolu. Entre le moment où le chef de bataillon fut informé de l'arrivée du dégel et le début effectif de la débâcle, deux semaines s'écoulèrent. Une pellicule aqueuse se répandit à la surface de la glace et des sillons bourbeux apparurent le long du dispositif. Les chiens s'allongèrent pour lécher l'eau de fonte qui imbibait leurs pattes – une manœuvre qu'ils ne tardèrent pas à juger absurde puisqu'elle mouillait l'ensemble de leur corps. Leurs niches trempaient dans des flaques qui inondaient leurs litières de paille.

L'éclaireur Schoschies avait perçu une forme de nervosité chez les chiens qui différait de l'agitation avec laquelle ils réagissaient à leurs corvées habituelles. Leurs rondes sinon machinales et destinées à noyer le chagrin causé par leur abandon s'étaient transformées en un va-et-vient concentré et mû par la peur. Sous la surface humide, ils semblaient percevoir les mouvements et les échos d'une profondeur mystérieuse. Même leur effervescence au moment du passage du ravitaillement semblait moindre. Schoschies ne les voyait plus que rarement gambader avec allégresse, comme s'ils avaient deviné la délicatesse du sous-sol.

Après la première semaine du dégel, seuls les soldats les plus téméraires et les plus compatissants continuaient de s'aventurer sur le lac. Il aurait été encore temps d'éviter le drame qui se produisit.

Mais le chef de bataillon déclara, depuis la tour d'ivoire de son bureau, que la glace était stable. Or les chiens pataugeaient déjà plus qu'ils ne couraient. Le berger du Caucase était celui qui baignait le plus dans l'eau. Ce colosse servait de repère au chef de bataillon, il était censé signaler le danger ultime qui entraînerait le démantèlement du dispositif. Tant que la glace tiendrait bon sous sa masse, on pouvait considérer qu'il était possible de franchir la frontière par le lac.

LORSQUE PLUS UN SEUL SOLDAT n'osa mettre un pied sur la glace, les chiens comprirent que les hommes étaient désormais de simples spectateurs de leur situation désespérée. Ils étaient juchés sur leurs niches inondées comme s'ils attendaient les éloges d'un dompteur. La glace céda d'abord sous le berger du Caucase. Il se débattit avec quelques mouvements de nage. Schoschies vit sa tête disparaître au bout de quelques secondes sous l'eau. La partie centrale du dispositif s'écroula, puis les plaques de glace contiguës se détachèrent à leur tour, et ainsi de suite selon le même processus symétrique. On aurait pu croire que le colosse du milieu avait eu pour prérogative d'emporter tous les autres dans sa chute.

Un seul d'entre eux survécut. Le plus proche en partant de la rive orientale. Schoschies ne le quittait pas des yeux tandis que les remous du naufrage progressif du dispositif commençaient à entraîner sa niche. Il lui fit signe de sauter de son perchoir et partit à sa rencontre en s'enfonçant dans l'eau. Il s'agissait d'un bâtard fauve avec du sang de colley nommé "Alf" dans le registre des chiens du détachement de gardes-frontières du Nord, matricule A-0441. Acquis en 1985 par l'entremise d'un certain Pandosch, fournisseur et maître-chien résidant à Lüdershagen, près de Güstrow, il fut ensuite attaché dans le "passage Tews", non loin de Herrnburg. Après la chute du rideau de fer, il devint chien de garde à Göhlen, près de Ludwigslust, avant de poursuivre son destin de sentinelle dans une auberge de Strachau, à l'ouest de Dömitz.

La zone réglementée, du côté est de la frontière qui pendant quatre décennies scinda le peuple allemand, renfermait deux cent quatre-vingt-dix-sept bourgs et villages. Une bande de terre de cinq kilomètres de largeur courait ainsi entre les deux blocs, formant en quelque sorte la ceinture isolante et hermétique de la RDA. Des villes comme Dömitz, Dassow et Boizenburg étaient elles aussi soumises à une surveillance spéciale organisée par la police populaire, la Stasi et les éclaireurs des troupes frontalières. Seuls ceux qui passaient pour politiquement fiables pouvaient vivre sur ce territoire. Un laissez-passer était nécessaire pour pouvoir entrer et sortir de la zone. Les visites familiales étaient les seules autorisées, et elles ne pouvaient se faire que suite à une demande. Les ouvriers et artisans de l'arrière-pays étaient tenus de quitter cet espace frontalier avant neuf heures du soir. Entre la zone réglementée et la partie occidentale de l'Allemagne s'étendait le fameux "couloir de la mort" avec ses miradors, ses champs de mines, ses clôtures grillagées en métal et ses dispositifs de tir automatique – un couloir seulement habité par les chiens. Au milieu des années 1960, les troupes frontalières avaient commencé à installer des chiens attachés par une laisse à un long câble, non loin de leurs niches ("modèle standard des organes armés avec entrée latérale protégée à l'abri du vent, conforme aux normes TGL"), pour la surveillance des portions difficiles à protéger de leurs confins. Séparés des habitants de la zone réglementée par une clôture munie d'alarmes, les chiens se déplaçaient le long de leur câble métallique. Au sein du commando frontalier du Nord, chargé de la surveillance d'un segment de cent trente kilomètres entre Pötenitz et Boizenburg, on comptait jusqu'à deux cent quarante chiens, pour neuf cent cinquante-sept chiens sur l'ensemble de la frontière dans ses derniers mois. Les commandos frontaliers avaient fait du commerce canin un système complexe qu'ils entretenaient dans l'ensemble de la RDA.

OUVRAGE RÉALISÉ
PAR L'ATELIER GRAPHIQUE ACTES SUD
REPRODUIT ET ACHEVÉ D'IMPRIMER
EN OCTOBRE 2014
PAR NORMANDIE ROTO IMPRESSION S.A.S.
À LONRAI
POUR LE COMPTE DES ÉDITIONS
ACTES SUD
LE MÉJAN
PLACE NINA-BERBEROVA
13200 ARLES

DÉPÔT LÉGAL
1re ÉDITION : NOVEMBRE 2014
N° impr. : 1403901
(Imprimé en France)